SPA F DEP

X

MW00424174

DES

ANNA DePALO
Otra oportunidad al amor

Editado por Harlequin Ibérica.
Una división de HarperCollins Ibérica, S.A.
Núñez de Balboa, 56
28001 Madrid

© 2016 Anna DePalo
© 2019 Harlequin Ibérica, una división de HarperCollins Ibérica, S.A.
Otra oportunidad al amor, n.º 170 - 19.10.19
Título original: Second Chance with the CEO
Publicada originalmente por Harlequin Enterprises, Ltd.

I.S.B.N.: 978-84-1328-618-1
Depósito legal: M-27200-2019
Impreso en España por: BLACK PRINT
Fecha impresion para Argentina: 16.4.20
Distribuidor exclusivo para España: LOGISTA
Distribuidor para México: Distibuidora Intermex, S.A. de C.V.
Distribuidores para Argentina: Interior, DGP, S.A. Alvarado 2118.
Cap. Fed./Buenos Aires y Gran Buenos Aires, VACCARO HNOS.

MIXTO
Papel procedente de
fuentes responsables
FSC® C108412

Este libro ha sido impreso con papel procedente de fuentes certificadas según el estándar FSC, para asegurar una gestión
responsable de los bosques.

Capítulo Uno

—Cole Serenghetti —dijo ella entre dientes—, dondequiera que estés, aparece.

Parecía un personaje cursi de un cuento de hadas, pero, últimamente, andaba escasa de finales felices, y las palabras no hacían daño a nadie.

Como si lo hubiera hecho surgir por arte de magia, un hombre alto apareció por debajo de una viga de la obra.

Ella sintió un hormigueo en el estómago. ¿Cuántas veces había pensado que podía hacer aquello y, después, el valor la había abandonado?

De todos modos, los estudiantes de la escuela Pershing dependían de que ella hiciera entrar en vereda a Cole Serenghetti. Su trabajo también dependía de eso.

Marisa levantó la mano del volante y se la apretó para que le dejara de temblar. Después alzó los prismáticos.

El hombre se dirigió por un camino de tierra a la valla que rodeaba la obra, que pronto se convertiría en un complejo de oficinas de cuatro plantas. Vestido con vaqueros, camisa de cuadros, chaleco, botas de trabajo y casco, podría confundírsele con un obrero, pero tenía un aspecto dominante y un físico que le permitiría aparecer en un calendario de hombres fornidos.

El corazón a Marisa comenzó a latirle con fuerza.

Cole Serenghetti, antiguo jugador de hockey profesional, había vuelto al seno familiar como consejero delegado de Serenghetti Construction. Había sido un alumno problemático en la escuela secundaria, del que ella, por desgracia, se había enamorado.

Marisa se deslizó hacia abajo en el asiento y soltó los prismáticos, que quedaron colgándole del cuello. Lo único que le faltaba era que se presentara un policía y le preguntara qué hacía espiando a un rico empresario de la construcción.

¿Quería hacerle chantaje? ¿Estaba embarazada de él? ¿Intentaba robarle el Range Rover aparcado allí al lado?

Nadie se creería que la verdad era mucho más prosaica. Ella era para todos la señorita Danieli, una profesora de buen carácter de la escuela Pershing. Sería paradójico que se considerara que espiaba a un millonario, cuando lo único que pretendía era ayudar a los estudiantes de secundaria de la escuela.

Dejó a un lado los prismáticos, se bajó del Ford Focus y echó a andar mientras su presa llegaba a la acera. No había peatones en ese lado de la calle a las cuatro de la tarde, aunque se aproximaba la hora punta en la ciudad de Springfield.

Al acercarse, olió la suciedad de la obra y el aire se llenó de partículas que casi podía sentir, incluso con el frío que hacía en el oeste de Massachusetts en marzo.

Tenía hambre. Aquel encuentro la había puesto tan nerviosa que se había saltado la comida.

–¿Cole Serenghetti?

Él se volvió al tiempo que se quitaba el casco.

Marisa disminuyó la velocidad al ver el cabello oscuro y despeinado del hombre, los ojos castaños y los labios bien dibujados. Una cicatriz le dividía en dos el pómulo izquierdo y se unía a otra más pequeña en la barbilla que ya tenía en la escuela secundaria.

Pero seguía siendo el hombre más sexy del mundo.

Era más alto y más ancho que a los dieciocho y se le había endurecido el rostro. Pero el cambio más grande era haber pasado de ser una estrella de la Liga Nacional de Hockey a ser un millonario empresario de la construcción. Y, a pesar de la nueva cicatriz, no presentaba ninguna señal grave de lesiones que hubieran podido acabar con su carrera en el hockey. Se movía bien.

Aunque Pershing se hallaba a las afueras de Welsdale, Massachusetts, la ciudad donde vivían los Serenghetti, no había vuelto a ver a Cole desde la secundaria.

Él la miró y sonrió lentamente.

Ella experimentó un gran alivio. Temía aquel reencuentro desde la secundaria, pero parecía que él estaba dispuesto a olvidar el pasado.

–Cariño, aunque no fuera Cole Serenghetti te diría que sí –dijo él, aún sonriendo, mientras la miraba de arriba abajo y se detenía en el escote de su vestido de manga larga y en sus piernas.

«Vaya», se dijo ella.

Él la miró a los ojos.

–Eres un rayo de sol después de salir de una obra llena de barro.

5

Ni siquiera la había reconocido. Ella no lo había olvidado en los quince años anteriores. Y recordaba su propia traición… y la de él.

Sabía que su aspecto había cambiado. Llevaba el pelo suelto y con mechas. Estaba más llena y ya no escondía el rostro tras unas gafas redondas. Pero, de todos modos… Cayó al suelo como un piloto de ala delta que se hubiera quedado sin viento.

Tenía que acabar con aquello, por mucho que le gustara volver a verlo.

Respiró hondo.

–Marisa Danieli. ¿Cómo estás, Cole?

El momento se quedó en suspenso, estirándose.

Él dejó de sonreír.

Ella se obligó a comportarse como una profesional, sin caer en la desesperación, o eso esperaba.

–Ha pasado mucho tiempo.

–No el suficiente –contestó él–. Y supongo que no es accidental que estés aquí –enarcó una ceja–. A menos que hayas desarrollado la manía de recorrer obras.

«Respira, respira», se dijo ella.

–La escuela Pershing necesita tu ayuda. Nos estamos dirigiendo a nuestros exalumnos más importantes.

–¿Nos?

Ella asintió.

–Enseño inglés allí.

–Siguen utilizando a los mejores.

–A la única. Soy yo quien se encarga de recaudar fondos.

Él entrecerró los ojos.

–Enhorabuena y buena suerte.

La rodeó y ella se giró con él.

–Si quisieras escucharme…

–No soy tan idiota para dejarme seducir por unos ojos de gacela como lo era hace quince años.

Ella archivó lo de «ojos de gacela» para analizarlo después.

–Pershing necesita un gimnasio nuevo. Seguro que, como jugador de hockey profesional, valorarás…

–Exjugador. Mira el anuario. Seguro que encontrarás otros nombres.

–El tuyo encabeza la lista –ella trató de adaptarse a sus zancadas. Las alpargatas que llevaba le habían parecido adecuadas para la escuela, pero ahora hubiera preferido haberse puesto otro calzado.

Cole se detuvo y se volvió hacia ella, por lo que estuvieron a punto de chocar.

–¿Sigo encabezando tu lista? –preguntó con una sonrisa sardónica–. Me halagas.

Marisa notó calor en las mejillas. Su forma de decirlo daba a entender que ella se estaba lanzando a sus brazos de nuevo y que él la rechazaba.

Ella ostentaba un récord terrible con los hombres. ¿Acaso no lo demostraba la reciente ruptura de su compromiso matrimonial? Y su mala racha había comenzado con Cole en la secundaria. La humillación la quemaba por dentro.

Hacía mucho tiempo, Cole y ella habían estudiado juntos. Si ella se movía en la silla, le rozaba la pierna. Y él la había besado en los labios…

–Pershing necesita tu ayuda. Necesitamos una primera figura para recaudar dinero para el nuevo gimnasio.

Él parecía implacable, salvo por el brillo de los ojos.

–Te refieres a que tú necesitas una primea figura. Inténtalo con otro.

–Recaudar fondos beneficiará también a Serenghetti Construction –afirmó ella, que llevaba todo ensayado–. Es una excelente oportunidad de profundizar las relaciones con la comunidad.

Él se volvió de nuevo y ella le puso la mano en el brazo.

Inmediatamente se dio cuenta de que había sido un error.

Los dos miraron el bíceps de él y ella retiró la mano.

Lo había sentido fuerte y vital. Una vez, quince años antes, le había acariciado los brazos mientras decía su nombre gimiendo y él tomaba uno de sus senos en la boca. ¿Dejaría alguna vez de reaccionar con deseo a su contacto, a sus miradas, a sus palabras?

Lo miró a los ojos, duros e indescifrables en aquel momento.

–Necesitas algo de mí –afirmó él.

Ella asintió con la boca seca.

–Es una pena que no olvide o perdone una traición con facilidad. Es un defecto de mi carácter no poder olvidar los hechos.

Ella se sonrojó. Siempre se había preguntado si él estaba seguro de quién se había chivado de su broma a la dirección de la escuela, que le había costado una expulsión temporal, y a Pershing no ganar la final de la liga estudiantil de hockey de ese año. Ahora, ella ya sabía la respuesta.

Tenía razones para hacer lo que había hecho, pero dudaba que lo hubieran satisfecho entonces o ahora.

—Lo de la escuela pasó hace mucho tiempo, Cole.

—Exacto, y es en el pasado donde los dos nos vamos a quedar.

Sus palabras le dolieron, a pesar de los quince años transcurridos. Sintió una opresión en el pecho que la impedía respirar.

Él hizo un gesto con la cabeza hacia la calle.

—¿Es tuyo?

Ella no se había dado cuenta de que estaban cerca de su coche.

—Sí.

Él le abrió la puerta y ella se bajó de la acera.

Notó que se mareaba y se tambaleó.

Pero intentó mantener la dignidad. Unos pasos más y se acabaría aquel incómodo encuentro.

Mientras empezaba a verlo todo negro, tuvo un último pensamiento: «Debería haber comido».

Oyó que Cole maldecía y que su casco caía al suelo. Él la tomó en sus brazos cuando se desmayó.

Cuando recuperó la conciencia, Cole decía su nombre.

Durante unos segundos, ella creyó que estaba fantaseando con la relación sexual que habían tenido en la escuela, hasta que le llegaron al cerebro los olores de la obra y se dio cuenta de lo que había sucedido.

Un cuerpo cálido y sólido la sostenía. Abrió los ojos y se encontró con los ojos verdes de Cole, que la miraban con intensidad.

Veía muy de cerca la cicatriz que le atravesaba la mejilla. Tuvo ganas de alzar la mano y recorrerla con los dedos.

Él frunció el ceño.

—¿Estás bien?

—Sí, suéltame.

—Puede que no sea buena idea. ¿Estás segura de que puedes mantenerte en pie?

Cualesquiera que fueran los efectos de la lesión que lo había llevado al final de su carrera, no parecía tener problemas para sostener en brazos a una mujer llena de curvas y de peso medio. Su cuerpo era puro músculo y fuerza contenida.

—Estoy bien, de verdad.

Cole bajó el brazo, aunque se veía que tenía dudas. Cuando los pies de ella tocaron el suelo, retrocedió.

Marisa se sentía completamente humillada.

—Como en los viejos tiempos —observó Cole con ironía.

Como si ella necesitara que se lo recordara. Se había desvanecido en la escuela, durante una de las sesiones de estudio. Así había acabado por primera vez en sus brazos.

—¿Cuánto tiempo he estado sin conocimiento? —preguntó sin mirarlo a los ojos.

—Menos de un minuto —se metió las manos en los bolsillos—. ¿Estás bien?

—Muy bien.

—Tienes tendencia a desmayarte.

Ella negó con la cabeza. Estaba abrumada por volver a verlo. Anticipar y temer el encuentro la había puesto tan nerviosa que no había comido.

–No, hace años que no me desmayo. El término médico es síncope vasovagal, pero los episodios son poco frecuentes.

Pero tenía la costumbre de desmayarse en su presencia. Era la primera vez que se veían en quince años y había conseguido reproducir lo sucedido en la escuela secundaria. No quería ni imaginarse lo que él estaría pensando. Probablemente, que era una consumada actriz.

De pronto, él pareció distante.

–No podías haberlo planeado mejor.

Ella se estremeció porque le estaba dando a entender que el desmayo le había permitido ganar tiempo y su compasión. Sin embargo, se sentía demasiado violenta para enfadarse.

–¿Por qué iba a querer realizar un último intento con pocas posibilidades de éxito?

Él se encogió de hombros.

–Para despistar al contrario.

–¿Y lo he conseguido?

A Marisa le pareció que lo estaba desequilibrando, que a él le gustaría llevar toda la protección del uniforme de hockey. La invadió una momentánea sensación de poder, a pesar de la debilidad que sentía en las piernas.

–No he cambiado de opinión.

Ella se dirigió al coche.

–¿Te encuentras bien para conducir?

–Sí, estoy bien. «Cansada, derrotada y avergonzada, pero bien».

–Adiós, Marisa.

Él se había despedido de ella hacía años, y ahora volvía a hacerlo de manera definitiva.

Sin hacer caso del dolor inesperado que la invadía, se montó en el coche, consciente de que Cole la miraba. Y cuando arrancó y se alejó, vio por el retrovisor que él seguía mirándola desde la acera.

No debería haber ido a su encuentro. Sin embargo, tenía que conseguir que aceptara. No había llegado hasta allí para asumir la derrota tan fácilmente.

–Parece que necesitas dar unos puñetazos al saco de arena –dijo Jordan Serenghetti haciendo chocar sus guantes de boxeo.

–Eres un canalla afortunado –respondió Cole al tiempo que movía la cabeza a uno y otro lado para soltar los músculos–. Solucionas los problemas venciendo a alguien en la pista de hielo.

Jordan tenía por delante una larga carrera en la Liga Nacional de Hockey con los New England Razors, mientras que la de Cole había terminado a causa de una lesión.

Cuando Jordan estaba en la ciudad, los dos quedaban para boxear. Para Cole suponía romper la monotonía de entrenarse en el gimnasio. A pesar de haberse convertido en un ejecutivo, seguía en forma.

–El próximo partido de hockey es dentro de tres días –respondió Jordan mientras se aproximaba a él con los guantes levantados–. De todos modos, ¿no tienes algún bombón que te solucione los problemas?

Marisa Danieli era un bombón, desde luego, pero Cole no tenía ninguna intención de resolver nada con ella. Por desgracia, pensaba demasiado en ella desde que la había tenido en sus brazos el viernes anterior.

Jordan se llevó un guante al casco protector y sonrió.

—Ah, se me olvidaba que Vicky te había dejado por ese agente deportivo. ¿Cómo se llamaba?

—Sal Piazza —respondió Cole echándose a un lado para evitar el primer golpe de Jordan.

—Eso es, Salami Pizza.

Cole lanzó un gruñido.

—Vicky no me dejó. Se…

—Se cansó de tu incapacidad para comprometerte.

Cole golpeó a Jordan con la derecha.

—No buscaba un compromiso. Era una relación perfecta.

—Porque conocía tu reputación, por lo que sabía qué debía hacer.

—Como te he dicho, los dos estábamos contentos —se movían por el cuadrilátero sin percibir los ruidos del gimnasio que los rodeaban.

Incluso un miércoles a última hora de la tarde, el gimnasio de boxeo Jimmy's hervía de actividad. Aunque había refrigeración, el aire frío no disminuía el olor a sudor bajo los fluorescentes.

—Ya sabes que mamá quiere que sientes la cabeza.

Cole sonrió.

—También le gustaría que dejaras de arriesgarte a partirte los dientes en la pista de hielo, para que no tengas que gastarte miles de dólares en arreglártelos. Pero eso tampoco va a suceder.

–Podría poner sus esperanzas en Rick –dijo Jordan refiriéndose al mediano de los hermanos– si supiéramos dónde está.

–He oído que en un plató cinematográfico de la Riviera italiana.

Su hermano era un doble especializado en escenas peligrosas, y al que, de los tres, más le gustaba arriesgarse. Su madre afirmaba que se había pasado la vida en urgencias mientras criaba a tres chicos y una chica. Era cierto que todos se habían roto algún hueso, pero Camilla Serenghetti no sabía lo que todavía estaba por llegar.

–Parece que se halla en un plató lleno de paparazis –afirmó Jordan–. Y sin duda habrá también una bella actriz.

–Mamá puede apoyarse en Mia, aunque esté en Nueva York –su hermana pequeña se estaba labrando una carrera como diseñadora de modas, lo que implicaba que Cole era el único que vivía en Welsdale.

–Es una lata ser el mayor, Cole –dijo Jordan como si le adivinara el pensamiento– pero tienes que reconocer que estás más capacitado que ninguno de nosotros para dirigir Serenghetti Construction.

Después de que la carrera deportiva de Cole hubiera acabado, su padre había sufrido un derrame cerebral. Hacía ocho meses que Cole se había hecho cargo de la empresa.

–No es una lata. Hay que hacerlo.

Aprovechó la oportunidad para golpear por sorpresa a Jordan con la derecha. Era bueno liberarse de parte de la frustración en el cuadrilátero.

Quería a su hermano, así que la parecía mal envidiarle la vida que llevaba. No era solo que siguiera siendo una estrella del hockey, sino que gozaba de una libertad de la que carecía Cole.

Su padre siempre había esperado que uno o dos de sus hijos varones dirigiera el negocio familiar. Y, en el casino de la vida, Cole había sacado la carta ganadora.

Conocía el negocio de la construcción desde la adolescencia, por haber pasado los veranos trabajando en obras. No había previsto que su carrera deportiva acabase al mismo tiempo que tuviera que hacerse cargo de su familia. El negocio no iba bien en los últimos tiempos, por lo que había tenido que dedicarle muchas horas.

Con un poco de suerte, pronto podría recuperar su vida. Aunque su futuro ya no estuviera en la pista de hielo, tenía su propio negocio y oportunidades de invertir, sobre todo en el terreno deportivo. Ser entrenador lo atraía.

–¿Por qué no me dices lo que te ha puesto de mal humor? –preguntó Jordan.

Cole pensó en su problema más inmediato, si podía denominar así a Marisa. Él construía cosas y ella las destruía, sobre todos su sueños. Así que era mejor recordar su malvado poder.

–Marisa Danieli se ha pasado hoy por la obra.

Jordan lo miró sin entender.

–De la escuela secundaria –añadió Cole y vio que su hermano dejaba de fruncir el ceño.

–¿La seductora Lola Danieli?

A Cole nunca le había gustado esa descripción, ni siquiera antes de empezar a pensar en Marisa

Lola Danieli como la Lolita de secundaria que lo había llevado por el camino de la perdición.

No le había hablado a nadie de su intimidad con Marisa. Sus hermanos se lo hubieran pasado muy bien con la historia de la estudiante y el deportista. Para todo el mundo, era la chica que se había chivado al director de la broma que había gastado.

Durante años, había llevado grabado en la memoria el momento en que al director se le había escapado que había sido Marisa la que se lo había contado. No había vuelto a gastar una broma.

De todos modos, no se dedicaba simplemente a pensar en lo que había sucedido cuando estaban a punto de acabar la secundaria. Su carrera en el hockey había terminado el año anterior, por lo que no era un buen momento para que Marisa apareciera y le recordara lo cerca que había estado ella de desbaratarla antes de que hubiese comenzado. Y como le había dicho a Jordan, había aceptado el cargo de consejero delegado de la empresa, pero no de buena gana. Aún estaba aprendiendo cómo hacer que la empresa prosperara.

Su hermano le dio un puñetazo en el hombro e hizo que se tambaleara, lo cual le devolvió a lo que sucedía en el cuadrilátero.

–Vamos, devuélvemelo –se burló Jordan–. No he visto a Marisa desde que acabasteis la secundaria en Pershing.

–Hasta hoy, yo te habría dicho lo mismo.

–¿Y qué? ¿Ha vuelto para el segundo asalto ahora que te has vuelto a levantar?

–Muy gracioso.

–Siempre he sido el hermano chistoso.

–Tu sentido de la lealtad fraternal me conmueve –se burló Cole.

Jordan levantó las manos en señal de rendición.

–Oye, no defiendo lo que hizo. Para ti fue una desgracia no poder jugar la final, y, para Pershing, perder la liga. Todos la evitaban cuando iba a la ciudad. Pero la gente cambia.

Cole golpeó a su hermano con la izquierda.

–Quiere que encabece una recaudación de fondos para construir un nuevo gimnasio en Pershing.

Jordan lanzó un silbido.

–Vaya, sigue teniendo redaños.

Marisa había cambiado, pero Cole no iba a explicárselo.

Antes de haberla reconocido, sus sentidos se habían puesto en estado de alerta y la libido se le había disparado. Marisa era sexo andante. Era criminal que una profesora tuviera aquel aspecto.

Ya no llevaba gafas, tenía el cabello más largo, lo llevaba suelto y se le rizaba en las puntas. No escondía su figura bajo anchas sudaderas y se había desarrollado en los lugares adecuados. Estaba más llena, tenía más curvas y era más mujer. Él lo sabía, ya que una vez le había acariciado los senos y los muslos.

Antes de que ella le dijera quién era, había creído que los dioses le sonreían después de una larga semana laboral. Luego, ella había caído literalmente en sus brazos.

En los segundos en que contempló su rostro, había experimentado sentimientos encontrados: sorpresa, ira, preocupación y, sí, lujuria; lo habitual cuando se trataba de Marisa. Aún sentía la huella de sus suaves curvas, que le enviaban señales que sobrepasaban la parte racional de su cerebro para ir directamente al lugar que deseaba unirse a ella.

Esa vez, Jordan le dio en medio del pecho.

–Venga, estás dormido. ¿Piensas en una mujer?

–Ella dice que participar en la recaudación de fondos para Pershing proporcionaría buena publicidad a Serenghetti Construction.

–Marisa es una mujer inteligente, no se puede negar.

Cole gruñó. La sugerencia de Marisa tenía sentido, aunque le costara reconocerlo. No le gustaba la publicidad y, durante su carrera deportiva, su imagen le había traído sin cuidado, para desesperación de su agente. Y desde que se había hecho cargo de la empresa se había dedicado a aprender cómo funcionaba. Las relaciones con la comunidad habían quedado en segundo plano.

Marisa tenía cerebro, de acuerdo, a diferencia de muchas de las mujeres que lo habían perseguido en sus tiempos de jugador. En la escuela adoraba los libros. En el vestuario, los del equipo no habían podido ponerle nota porque no se dejaba hacer un reconocimiento.

Al final, él había tenido la oportunidad de averiguar que usaba una talla grande de sujetador, pero había tenido que pagar un alto precio por saberlo.

Ahora, ella tenía un cuerpo de primera. Estaba preparada para causar la perdición de los hombres, al igual que en los viejos tiempos.

Pero, esa vez, la próxima víctima sería él.

Capítulo Dos

La raqueta de squash se ha quedado en el armario del vestíbulo. Iré a recogerla.

Marisa apagó el móvil. El mensaje de Sal había llegado mientras estaba fuera. Estaba tan conmocionada por haber hablado con Cole que no se había dado cuenta de que tenía un mensaje hasta que había vuelto a su piso.

Se sintió molesta, porque era de su antiguo novio, con el que había roto tres meses antes.

Durante el breve noviazgo, ella había adoptado el papel de buena esposa y le recogía la ropa de la tintorería o le compraba comida en el supermercado. Desde el punto de vista de Sal, pedirle que sacara la raqueta de squash del armario del vestíbulo era justo. Sin duda se habría citado con un cliente en el gimnasio, porque incluso los agentes deportivos debían demostrar su buena forma física, aunque Sal jugaba al squash muy de vez en cuando.

Pensó en sacar la raqueta y tirarla por la ventana para que la recogiera en el césped, pero oyó que alguien abría la puerta de entrada. Frunció el ceño, desconcertada. ¿No le había pedido a Sal que le devolviera la llave?

Tiró de la puerta para abrirla del todo y vio a su prima Serafina.

–Ah, eres tú.

–Claro que soy yo. ¿No te acuerdas que me dista la llave del piso?

–Sí –por un momento había creído que Sal había ido a recoger la raqueta con una copia de la llave. Era muy capaz de hacerlo, el muy canalla.

Se alegraba de haber conservado el piso cuando las cosas con Sal se pusieron serias y pensaron en irse a vivir juntos. Había comprado el piso, de dos dormitorios, cinco años antes, lo que había sido un gran paso hacia la independencia.

Se preguntó dónde viviría Cole. Probablemente en un enorme ático. No le sorprendería que estuviera en uno de los bloques que construía. Lo que era indudable era que seguía siendo uno de los solteros más cotizados de Welsdale, en tanto que ella seguía siendo alguien sin importancia, a pesar de que tenía buena reputación en la escuela Pershing.

–¿Qué te pasa? –preguntó Serafina dejando el bolso en el suelo.

–Estaba pensando dónde enterrar la raqueta de squash de Sal. Todavía está en el armario del vestíbulo.

–Muy bien –Serafina sonrió–. Pero con todos los perros que hay por aquí, seguro que la huelen enseguida.

–La necesita.

–La raqueta es inocente. No te enfades con ella.

–Tienes razón. Le diré que se la dejo en la mesa del portal.

Desde el desastre con Cole en la escuela, le preocupaba que la consideraran un mal bicho. No necesitaba a Cole, sino un terapeuta.

–Pero dile a ese cretino que se la meta por donde le quepa –añadió Serafina.

Marisa sonrió a su prima. Serafina era algo más alta y tenía el cabello rubio y ondulado. Ambas tenían los ojos ambarinos que eran un rasgo familiar de las madres de las dos, y tenían cierto parecido. Mirándolas, uno se daba cuenta de que eran parientes, a pesar de que no tenían el mismo apellido: Danieli y Perini.

De pequeñas, Marisa trataba a Sera como a una hermana pequeña. Habían pasado de los libros y los juguetes a aconsejarse mutuamente y a compartir la ropa. Recientemente, que Serafina hubiera estado viviendo con Marisa durante unos meses, mientras buscaba trabajo y piso, había salvado la vida a Marisa. Le gustaba su compañía. Y con respecto a los hombres, su prima los trataba sin contemplaciones. Tenía mucho que aprender de ella.

–Y ahora las buenas noticias –anunció Serafina–. Me mudo.

–¡Estupendo! –Marisa se obligó a parecer alegre.

–No ahora mismo, sino cuando vuelva de Seattle, de visitar a tía Filo.

–No me alegro de que te vayas, sino que me alegro por ti –tres semanas antes, a su prima la habían contratado en un puesto fijo, y había comprado los billetes para ver a su tía y sus primas antes de empezar a trabajar.

–Eres un encanto, Marisa –afirmó Serafina riéndose–. Ya sé que te alegras por mí.

–Un encanto se deja de ser después de los treinta –ella tenía treinta y tres, estaba soltera y su novio la acababa de abandonar.

–¿Qué pasa? –preguntó Serafina.

Marisa se dirigió a la cocina.

–Le he pedido a Cole Serenghetti que encabece la recaudación de fondos de la escuela.

No se había muerto de vergüenza por haberlo abordado para pedirle un favor, pero le había faltado poco. Se había desmayado en sus brazos. Volvió a sentirse avergonzada. ¿Cuándo acabaría aquella humillación?

Necesitaba un trozo de tarta de chocolate. Debía de quedar en la nevera. Era una pena que una fiesta fuera mejor con un postre.

–¿Y? –preguntó Serafina siguiéndola.

–Fue como siempre había soñado. Aceptó de inmediato.

–¿Bien, entonces?

–Muy bien –contestó Marisa observando la tarta dentro de la nevera–. Deliciosa.

Carlos Serenghetti también era delicioso. Probablemente, las mujeres harían cola para tomárselo de postre. Quince años después, tenía mejor aspecto que nunca. De vez en cuando había visto fotografías de él durante su carrera deportiva, pero nada podía compararse a verlo en persona.

–¿Marisa?

Esta dejó la tarta en la mesa.

–Es la hora del postre.

Del que tenía delante, no de la variedad Cole Serenghetti, aunque probablemente él creyera que era una devoradora de hombres.

Con Sal se había sentido muy insegura con respecto a su cuerpo. Tenía demasiadas curvas para ser considerada esbelta. Pero él formaba ahora parte del pasado, por lo que podía volver a darse un capricho. Sal tenía una nueva novia, que estaba en los huesos. Había encontrado a la persona que buscaba.

–¿Así que Cole estaba emocionado al volver a verte?

–Extasiado.

–Estás siendo sarcástica.

Mucho después de haber acabado la escuela, Marisa le había contado a Sera su historia con Cole, que las cosas se habían ido calentando entre ambos durante el último curso, antes de que se congelaran. Su prima sabía que Marisa había confesado que Cole era el autor de una broma escolar, que se le había expulsado de la escuela temporalmente y que, en consecuencia, esta había perdido la liga de hockey.

–No es una fiesta si no comes tú también –dijo Marisa mientras sacaba dos platos y los cubiertos.

Serafina se sentó en una de las sillas de la cocina.

–Espero que merezca la pena que ingiramos quinientas calorías por ese tipo. Seguro que te sigo culpando de lo que hiciste en la escuela.

–Claro.

Marisa repasó parte de su encuentro con Cole, como lo había estado haciendo desde que se había marchado de la obra. Recordó sus palabras: «No me seducen los ojos de gacela como cuando tenía quince años». Desde luego que todavía estaba resentido. Había sido imposible hacer que aceptara su propuesta. Sin embargo, a ella le producía una leve excitación que sus ojos castaños lo hubieran cautivado en otro tiempo.

Serafina negó con la cabeza.

–Los hombres no maduran.

Marisa cortó un trozo de tarta.

–Es complicado.

–Siempre lo es. Córtate un trozo mayor.

–No me bastarían todas las tartas del mundo.

–¿Tan mal estás?

Marisa miró a su prima a los ojos y asintió. Tomó un poco de tarta y volvió a levantarse.

–Vamos a tomarnos un café.

Un poco de cafeína la ayudaría. Estaba muy cansada, a consecuencia del desmayo. Puso café y agua en la cafetera y la enchufó. Le gustaría comprarse una de esas modernas cafeteras tan famosas, pero su presupuesto no se lo permitía.

¿Por qué había aceptado ir a hablar con Cole Serenghetti? Porque tenía la ambición de llegar a ser la subdirectora de la escuela. Formaba parte de su larga escalada para salir de la pobreza. La beca que le había concedido la escuela le había cambiado la vida. Y ahora que volvía a estar sin pareja, necesitaba algo en lo que centrarse, que era Pershing y su trabajo de profesora. Se lo debía a los niños.

Aunque se había presentado voluntaria para dirigir la recaudación de fondos, no había previsto que el director estuviera empeñado en conseguir la ayuda de Cole Serenghetti. Debería haberse esforzado más en intentar disuadir al señor Dobson. Pero él había visto que Cole y ella iban a la misma clase, por lo que había supuesto que ella podría hablar personalmente con la estrella del hockey, como dos antiguos compañeros de clase. Y ella no iba a explicarle cómo había acabado su romance con Cole.

–Entonces, ¿qué vas a hacer? –preguntó Serafina mientras Marisa ponía dos tazas de café en la mesa.

–No lo sé.

–No es propio de ti darte por vencida tan fácilmente.

Marisa recurrió a la determinación que la había ayudado como hija de una madre soltera que tenía dos empleos.

–Volveré a intentarlo. No puedo reconocer tan deprisa mi fracaso ante la junta escolar. Pero no puedo esperar de nuevo a que Cole salga de una obra, como si lo estuviera acosando.

–¿Por qué no pruebas en el gimnasio Jimmy's?

–¿El qué?

–Es sabido que Cole Serenghetti acude allí regularmente.

–¿Y tú cómo lo sabes? –preguntó Marisa frunciendo el ceño.

–Por los chicos del Puck & Shoot. Los jugadores de hockey son clientes habituales –Sera hizo una mueca–. Jordan Serenghetti va de vez en cuando.

A juzgar por su expresión, Marisa concluyó que su prima no tenía en muy buen concepto al hermano menor de los Serenghetti.

–¿Haces algo más en ese bar que trabajar de noche? –preguntó Marisa con falsa severidad.

–Si frecuentases más los bares, no habrías necesitado mi consejo. Úsalo bien –Sera sonrió.

Por supuesto que Cole iría a un gimnasio a boxear. El sitio era diametralmente opuesto al gimnasio de lujo donde Sal jugaba al *squash*. Ella se había dado de baja, muy aliviada, cuando rompieron su relación.

—¿Qué me voy a poner para ir a un gimnasio de boxeo?

—Cuanto menos te pongas, mejor. Todos estarán sudando y calientes, calientes…

Una semana después

Cole vio que Jordan se había desconcentrado de repente y aprovechó para darle dos fuertes puñetazos que lo hicieron tambalearse. Después se detuvo y se secó el sudor de la frente para dejar que su hermano recuperara el equilibrio.

—No quiero estropearte tu bonito rostro. Eso se lo dejo a los chicos de la pista de hielo.

—Gracias —contestó Jordan mirando por encima del hombro de su hermano—. ¿Pero qué…? —le indicó la puerta con la barbilla.

Cole se volvió y lanzó un improperio.

Marisa estaba allí. Y la clientela masculina le estaba prestando mucha atención. Pero ella se dirigió hacia el cuadrilátero donde se hallaban los hermanos. Tenía un aspecto inocente y no se daba cuenta de la sexualidad que desprendía con su vestido de lunares. Volvía a llevar tacones y el cabello suelto.

Era la viva imagen de la maestrita inocente, aunque Cole sabía que no era así.

—Eso sí que es una sorpresa de miércoles por la noche —dijo Jordan detrás de él.

Para Cole no lo era. Se dirigió a las cuerdas y

un empleado del gimnasio le ayudó a quitarse los guantes.

—¿Dónde vas? —preguntó Jordan.

—A tomarme un descanso. Es Marisa Danieli.

—Pues sí que ha cambiado —afirmó Jordan sonriendo con expresión de asombro.

—No tanto como crees. Ni se te ocurra acercarte a ella.

—No soy yo quien necesita ese aviso. ¿Quién se ha quitado los guantes? —Jordan enarcó las cejas para indicarle que mirara hacia atrás.

Cole se volvió. Marisa había separado las cuerdas y subido al cuadrilátero.

—Esto promete —murmuró Jordan.

—Cállate.

Cole se quitó el casco y se lo entregó al empleado, antes de volverse hacia la mujer en la que llevaba pensando una semana. Le preguntó sin rodeos:

—¿Cómo has dado conmigo?

Marisa vaciló. Su resolución la estaba abandonando al enfrentarse a su oponente.

—Me lo dijeron en el Puck & Shoot.

A Cole no le extrañó que fuera clienta de un bar al que acudían los jugadores de hockey. Allí podría buscar a su próxima víctima.

Marisa respiró hondo. Sonrió, pero no con los ojos.

—Empecemos de nuevo. ¿Cómo estás, Cole?

—¿Es así como comienzas el día en la escuela?, ¿corrigiendo los modales de tus alumnos?

—A veces.

—No le hagas caso —dijo Jordan acercándose a

ellos con la radiante sonrisa que le había conseguido ser el protagonista de una campaña de ropa interior–. No ha aprendido buenos modales. Soy Jordan, su hermano. Te estrecharía la mano, pero, como verás –alzó los guantes– he estado dándole duro a Cole.

–Pues no lo parece –dijo Marisa mirando a Cole.

–No nos golpeamos en el rostro, pero él ya se ha roto la nariz y yo no.

–Sí –dijo ella–, ya lo veo.

Cole sabía que tenía buen aspecto, aunque no el de un modelo, como Jordan. Los dos eran altos, con el cabello castaño. Jordan tenia los ojos verdes; él, castaños.

–Tal vez me recuerdes de cuando Cole iba la escuela secundaria –Jordan volvió a sonreír.

Cole se obligó a recordar lo que le costaría una ortodoncia cuando le entraron ganas de recolocarle los dientes a su hermano.

–Jordan Serenghetti… Te conozco por las noticias deportivas –afirmó Marisa.

Cole ya había tenido bastante.

–Ya veo que no aceptas un no por respuesta –Marisa se sonrojó.

–Espero que cambies de opinión, si me escuchas.

–Si no lo hace él, lo haré yo –bromeó Jordan–. ¿Por qué no vamos a tomar algo? Todo va mejor con una copa de champán, a no ser que prefieras una de vino.

Cole lo miró con dureza, pero él siguió mirando a Marisa.

–La escuela Pershing necesita que alguien encabece la recaudación de fondos para un nuevo gimnasio.

–Lo haré yo –se ofreció Jordan.

–No acabaste la secundaria en Pershing.

–Eso es un detalle sin importancia, porque estudié allí un tiempo.

Marisa dio un paso hacia delante y perdió el equilibrio. Cole hizo amago de agarrarla, pero ella se asió a una de las cuerdas.

–Es mejor que sea Cole, porque él acabó allí la secundaria –dijo ella mirándolo a los ojos–. Sé que eres leal a la escuela. Tuviste buenas temporadas allí cuando jugabas al hockey.

–Pero no jugué ninguna final, gracias a ti.

–Eso tiene que ver conmigo, no con Pershing. Además, hay un nuevo director.

–Y tú eres su mensajera.

–Una mensajera muy guapa –intervino Jordan.

Cole lo fulminó con la mirada. Jordan no sabía nada de su relación con Marisa y no iba a entrar con él en detalles íntimos.

–Puede que no fuera culpa de ella –dijo Jordan.

–Yo fui al despacho del director –reconoció ella.

–¿Y lo sientes? –preguntó Jordan echándole un cable.

–Lo lamento, sí –afirmó ella con pesar.

Cole había obtenido lo más parecido a una disculpa.

Aunque hacía tiempo que él había superado su expulsión temporal de la escuela, no le había perdo ni había olvidado la traición de Marisa.

–Y Cole se disculpa por ser Cole.

–De ninguna manera –respondió Cole fulminándolo con la mirada.

–Muy bien –Jordan hizo un gesto con el guante–. Lo volveré a intentar. Cole lamenta haber gastado aquella broma.

–De acuerdo –dijo Cole–. Puesto que estamos hablando claro –añadió mirando a Marisa– ¿por qué no me dices que vas a sacar tú de todo esto?

–Ya te lo he dicho. Quiero contribuir a que la escuela tenga un nuevo gimnasio.

–No, quiero decir qué vas a conseguir en el plano personal.

–Bueno, espero llegar a ser subdirectora.

–Ahora nos vamos acercando –afirmó él con satisfacción, porque esa era la Marisa que se esperaba, llena de astucia y motivos ocultos–. Es gracioso, porque me parecía que ya habrías recorrido el camino hasta el altar y que combinarías la enseñanza con el cuidado de tus hijos.

Marisa palideció. Parecía que le había dado donde más le dolía.

–Estuve comprometida hasta hace unos meses –musitó ella.

–¿Ah, sí? ¿Con alguien que conozco?

–Puede ser. Sal Piazza, un agente deportivo.

Antes de que Cole reaccionara, su hermano lanzó un silbido.

–Tal vez lo conozcas porque ahora sale con tu última novia, Vicky Salazar. O al menos se te vio en las gradas con ella en un partido de hockey.

–¿Se puede llamar a esto «involucrados por poderes»? –preguntó Jordan–. ¿O «comprometidos por un grado de separación»?

–Ya basta, Jordan.

Cole miró a su alrededor. Estaban llamando la atención.

–Esto es ridículo. El cuadrilátero no es un lugar para hablar. Estamos dando un espectáculo. Marisa se sobresaltó.

–Vamos –dijo agarrándola del brazo. Levantó una cuerda–. Pasa primero.

Marisa miró a Jordan.

–Él no viene.

Marisa se deslizó entre las cuerdas y Cole la siguió. Sin prestar atención a las miradas de curiosidad, la condujo a la puerta trasera, la que daba al aparcamiento. Cuando llegaron a la puerta, dijo:

–Así que eres la prometida de Sal Piazza.

–Lo era –ella alzó la barbilla–. Se acabó.

–¿Sigues sin poder resistirte a los deportistas?

–Me cuesta aprender.

No le había costado la única vez que habían tenido sexo. Ella había sido lo más dulce que había probado en su vida.

Maldijo en silencio. Debía dejar de pensar en ella. En aquel momento, el sol de una ventana cercana se le reflejaba en el cabello, creando un efecto de halo, y le iluminaba los ojos. Pero lo que de verdad le atraía era su boca, suave, rosada y sin adornos, esperando a que la besaran, incluso quince años después.

–¿Te encuentras bien? –preguntó ella con el ceño fruncido.

–Sí. Estoy acostumbrado a que me persigan maestras.

Ella se sonrojó.

31

–Si has venido a llamar la atención, lo has conseguido; la mía y la de la mayoría de los tipos del gimnasio.

–No es problema mío que les gusten las educadoras con exceso de trabajo y sueldo escaso.

Él estuvo a punto de soltar una carcajada.

–¿Reclutarme hace que pertenezcas a esa categoría?

Ella frunció los labios.

–¿Tu agente deportivo no te ha dado indicaciones para reclutar a atletas? Es curioso, no me parece que seas el tipo de Sal Piazza.

–No lo soy –sonrió forzadamente–. Me ha dejado por Vicki.

–¿Te engañó?

–Negó haber tenido relaciones sexuales con ella. Me dijo que había conocido a otra persona y que le atraía.

Marisa parecía no creerse lo que le estaba contando.

–Así que rompió contigo para acostarse con Vicki. Debería haberle avisado de que Vicki prefiere cualquier cosa a la cama.

–No seas grosero.

Cole no entendía a Sal. Vicki y Marisa no se podían comparar. La primera era un refresco de cola de cero calorías, y la segunda, un postre para sibaritas que podía matarte.

También se preguntaba cómo podían haber estado juntos Sal y Marisa. Sal estaba loco por el deporte; a Marisa no le interesaba en absoluto, al menos en la secundaria.

Por otra parte, las pocas veces que Cole había

tropezado con Sal, en algún acontecimiento deportivo, le había parecido afable y convencional. Era de constitución media y no había nada reseñable en su aspecto. No le extrañaba que Marisa lo hubiera considerado de fiar. Pero la relación no había salido como ella esperaba.

—¿Cuándo rompisteis?

—En enero.

Cole y Vicki lo habían dejado en noviembre.

—¿Te preocupa que Vicky te engañara con un simple agente deportivo?

—No —su relación con Vicki había sido tan ocasional que casi no podía denominarse así. De todos modos, quería ver cómo reaccionaba Marisa—. Hasta los exjugadores de hockey están por encima de los agentes deportivos a la hora de besar.

—Así que, según tú, he caído en picado desde la escuela.

—Solo tú puedes saberlo.

Le gustaba provocarla. Ella se había esforzado en ser amable y educada con él.

—Tu desmedido orgullo me deja pasmada.

—Es el efecto que suelo causar en las mujeres, pero se debe a mi enorme…

—¡Para!

—… reputación. ¿Qué creías que iba a decir?

—Eres insufrible.

—Entonces, ¿te das por vencida? Buen partido. Acepto tu claudicación.

—¿Del mismo modo que has aceptado mis disculpas?

—¿Eran eso? —preguntó él indicando el gimnasio con un movimiento de la cabeza.

—Lo tomas o lo dejas —dijo ella asintiendo.

—¿Y si lo dejo?

—Buscaré un plan B. Por suerte, Jordan ya me ha proporcionado uno. Lo único que tengo que hacer es convencer a la escuela de que será un buen sustituto.

Ella se volvió para marcharse, pero él la agarró del brazo.

—Aléjate de Jordan. Ya le destrozaste la vida a uno. No vayas a por el otro.

—Me halaga que tengas en tan alta consideración mis poderes malignos, pero Jordan es un adulto que sabe cuidarse.

—No bromeo.

—Yo tampoco. Se me agota el tiempo de encontrar a alguien que encabece la recaudación de fondos.

—No va a ser Jordan.

Ella se soltó de su mano.

—Eso ya lo veremos. Adiós, Cole.

Él la observó mientras salía del gimnasio.

El encuentro no había acabado como ella quería, pero tampoco como él había previsto.

Debía mantenerla alejada de Jordan, pero sin reconocer ante su hermano que se había acostado con ella.

Capítulo Tres

Cole tuvo que esperar una semana para hablar con su hermano porque Jordan tenía que jugar fuera tres partidos. Pensó que la casa de sus padres era un sitio tan bueno como cualquier otro para tener un enfrentamiento. Al bajarse del Range Rover observó que se estaban formando nubes de tormenta. El tiempo acompañaba su estado de ánimo.

Al no ver el coche de Jordan frente a la casa de sus padres trató de no impacientarse. Su hermano llegaría pronto. Jordan había contestado el mensaje que le había mandado y estaba de acuerdo en que los dos se pasaran por casa de sus padres para ver cómo estaban. Así que Cole pronto se libraría del mal humor que lo perseguía desde la semana anterior. Marisa y su hermano... Antes tendrían que pasar por encima de su cadáver.

Se dirigió a la puerta principal. La casa de los Serenghetti era una villa mediterránea de tejado de tejas y paredes blancas. En los meses cálidos, el jardín era el orgullo y la alegría de su madre. A medida que la empresa de construcción de Serg había crecido, los padres de Cole habían adquirido casas mayores. La mudanza a la villa mediterránea se había llevado a cabo cuando Cole era adolescente.

Cole apretó los dientes. Si Marisa se había puesto en contacto con Jordan, debía prevenir a su hermano. Tenía que entender por qué no era digna de fiar. Tal vez hubiera cambiado desde la escuela, pero él no iba a correr riesgos. Por otra parte, si Marisa iba de farol al decir que pediría a Jordan que lo sustituyera, mucho mejor. En cualquier caso, Cole iba a asegurarse de que no pasaba nada.

Los recuerdos lo asaltaban desde que Marisa había vuelto a aparecer en su vida. Cuando estaba en Pershing, daba muchas cosas por sentadas: su estatus de jugador estrella, su popularidad con las chicas y la seguridad económica que le permitía estudiar en una escuela privada. Pero se sentía presionado para rendir, para superarse tanto en la pista de hielo como fuera de ella.

En la escuela, Marisa no pertenecía a su círculo, pero lo había frecuentado sin juzgarlo. Al menos, eso era lo que él creía. Hasta que lo traicionó.

A Cole no le había hecho ninguna gracia que Jordan se hubiera mostrado encantador con Marisa en el gimnasio, pero se debía a que no quería que cometiera los mismos errores que él. No tenía nada que ver con mostrarse posesivo de un ligue adolescente. No era celoso. Marisa era atractiva, pero él sabía lo problemas que comportaba obrar guiado por la lujuria.

Como jugador de hockey profesional, se relacionaba con facilidad con las mujeres. Cuando Jordan había entrado en la Liga Nacional de Hockey, le había dado una charla sobre las tentaciones de fama y dinero a las que se enfrentaban los jugadores profesionales, pero Marisa suponía un atractivo secreto y sigiloso.

Él debería saberlo.

Abrió la puerta y entró. Le llegó el sonido de *We Open in Venice* y se preguntó si su madre estaba oyendo de nuevo todas las canciones de *Kiss me, Kate*, de Cole Porter. Tanto le gustaba ese musical que había puesto a su primer hijo el nombre del legendario compositor.

Se dirigió a la parte de atrás de la casa, donde halló a su madre en la espaciosa cocina. Como de costumbre, la casa olía a flores, a deliciosa comida y a... obligaciones familiares.

—Cole —dijo Camilla—. Qué sorpresa, *caro*.

Aunque su madre había aprendido inglés de joven, seguía teniendo acento y salpicaba su inglés de palabras italianas. Había conocido a Serg y se habían casado cuando él estaba de vacaciones en la Toscana. Ella tenía veintiún años y trabajaba en la recepción del hotel.

—Hola, mamá —Cole tomó un trozo de calabacín frito de un cuenco que había sobre la encimera de mármol—. ¿Dónde está papá?

—Descansando. Tantas visitas lo fatigan. Hoy han venido la asistenta social, la enfermera y la «terapia física».

—¿Te refieres a la fisioterapeuta?

—¿No es eso lo que he dicho?

Cole lo dejó pasar. Su madre había desarrollado una carrera tardía de presentadora de un programa de cocina local. A los telespectadores les gustaba su acento y los ejecutivos de la cadena televisiva pensaban que añadía autenticidad al programa. Para Cole, se trataba de otro vistoso aspecto de su adorable pero extravagante familia.

–¿Has probado ya los ñoquis?

Cole se volvió en el momento en el que Jordan entraba en la cocina. Debía de haber llegado justo después de él.

–¿Cómo sabes que ha preparado ñoquis?

Jordan se encogió de hombros.

–Antes, le mandé a mamá un mensaje. Está perfeccionando una receta para el programa de la semana que viene y nosotros somos los conejillos de Indias: ñoquis con jamón, escarola y tomate.

¿Os he dicho que van a cambiar el nombre del programa a *Sabores de Italia con Camilla Serenghetti*?

–¡Estupendo! –Jordan la besó en la mejilla.

Cole asintió.

–Enhorabuena, mamá.

Camilla sonrió de oreja a oreja.

–Mi nombre en el *titolo*. Está bien, ¿verdad?

–Es excelente –afirmó.

–Pero debo buscar más invitados.

–¿No tiene que hacer eso alguien del programa?

–Es mi programa.

–¿Te acuerdas cuando me invitaste el año pasado, mamá? –preguntó Jordan–. Conseguí que quemaras las cebollas que estabas friendo. Y Cole no lo hizo mucho mejor cuando fue tu invitado.

Antes de que Cole pudiera ofrecerse a sacrificarse de nuevo en el altar de la carrera televisiva de su madre, Camilla fue a la nevera y dijo:

–Necesito a alguien nuevo.

–Se lo comentaré a los del equipo –dijo Jordan–. A Marc Bellitti le gusta cocinar. Y tal vez alguien del equipo haga alguna sugerencia.

Cole se volvió hacia su hermano.

–¡Qué gran partido el de anoche! Habrías marcado otro tanto si Peltier no hubiera chocado contigo en el último segundo.

–Lleva toda la temporada en plan insoportable –miró a su madre para comprobar que no lo oía y añadió–: Necesita acostarse con alguien.

–¿Se ha puesto Marisa Danieli en contacto contigo?

Jordan lo miró con atención.

–¿Por qué lo preguntas?

–Sigue necesitando un conejillo de Indias para recaudar fondos. Y me parece que estás dispuesto a serlo tú.

Jordan sonrió.

–De todos modos, quiere que seas tú.

–Me he negado.

–Tu fortaleza es admirable. Seguro que los chicos del vestuario se quedarían impresionados.

–Dile tú también que no.

–No me lo ha pedido.

Cole se relajó.

–¿No se ha puesto en contacto contigo?

–No. Pero hay otra cosa que te resultará interesante.

Camilla dejó un gran cuenco de ñoquis en la encimera.

–Voy a ver cómo está vuestro padre. Ahora vuelvo.

–No tengas prisa, mamá –Cole sabía que su madre estaba preocupada por la lenta recuperación de su padre. Habían pasado varios meses desde que había sufrido el derrame cerebral y aún no se había recuperado del todo, suponiendo que fuera a hacerlo.

–¿Qué pasa? –preguntó Cole a su hermano, cuando su madre se hubo marchado.

–Corre el rumor de que el nuevo gimnasio de Pershing lo va a construir JM Construction.

Cole frunció los labios. Marisa había hecho algo peor que conseguir la participación de Jordan para recaudar fondos.

Para una empresa de construcción de tamaño medio como Serenghetti o JM, el gimnasio de la escuela era una obra de poca monta. Sin embargo, para JM supondría publicidad y el agradecimiento de la comunidad.

En los meses anteriores, se había adjudicado la construcción de dos obras a JM, en vez de a Serenghetti. Ambas empresas trabajaban en Nueva Inglaterra. La oficina central de Serenghetti estaba en Welsdale, por insistencia de Serg, pero tenían otras en Boston y en Portland.

–¿Cómo te has enterado? –preguntó Cole.

–Lo he oído en el Puck & Shoot. Si te pasaras por allí, también te habrías enterado.

–Suceden muchas cosas en ese bar –Cole recordó que Marisa se había enterado allí de a qué gimnasio iba.

–Las copas están bien, y la clientela femenina, mejor.

–Me extraña que no hayas visto a Marisa allí.

Jordan agarró un ñoqui frío del cuenco y se lo comió.

–No parece del tipo que vaya habitualmente a bares frecuentados por deportistas.

–Te sorprenderían muchas cosas de ella.

–No me cabe la menor duda –contestó Jordan sonriendo.

–Jordan…

–Estaba en el bar matando el tiempo y alguien mencionó la reciente campaña publicitaria que he hecho, así que aproveché la oportunidad para promocionar el nuevo gimnasio de Pershing y pregunté si alguno de los chicos estaría interesado. Sabía que tú no ibas a presentarte voluntario y que me matarías, si aceptaba encabezar la recaudación de fondos.

–Bien pensado.

–Pero me sentía mal por ella, para serte sincero. Se ha decidido a volver a verte para conseguir a alguien famoso.

–Sabe lo que hace.

–Me parece que ahora es de las buenas. O, al menos, su causa lo es.

–Ya –¿de parte de quién estaba su hermano?

–Cambiando de tema, ¿te acuerdas de Jenkins, el que se licenció un par de años después que tú y estuvo jugando en ligas menores durante un tiempo?

–Sí.

–Dijo que corría el rumor de que sería JM Construction quien construiría el gimnasio, por lo que le parecía extraño que yo acabara de mencionar la recaudación de fondos a mi equipo. Me dijo que era muy magnánimo al intentar encontrar a alguien que ayudara a JM.

–Claro que sí –se burló Cole–. ¿Sigues compadeciendo a Marisa?

41

–Puede que no sepa nada de a quién le van a dar el contrato de construcción.

–Ya veremos. En cualquier caso, estoy a punto de enterarme.

Marisa entró en las oficinas de Serenghetti Construction, que era algo que nunca había hecho.

La empresa ocupaba los pisos superiores de una antigua fábrica, en el centro de Welsdale. La página web indicaba que Serg Serenghetti había reformado el edificio veinte años antes para convertirlo en un moderno complejo de oficinas. Marisa llevaba años pensando que nunca sería bien recibida allí, pero el mismísimo Cole Serenghetti la había invitado, lo cual demostraba las vueltas que daba la vida.

Claro que había sido la secretaria de Cole quien la había llamado, pero Marisa se lo había tomado como un indicio de que se estaba ablandando. Eso esperaba, ya que, a pesar de lo que le había dicho a Cole, carecía de plan B. No había intentado ponerse en contacto con Jordan Serenghetti porque Pershing preferiría a alguien que hubiera acabado la secundaria en la escuela. Además, estaba segura de que Cole impediría cualquier intento de reclutar a su hermano.

Cuando llegó al último piso, respiró hondo al entrar en la oficina de la empresa. La recepcionista la anunció, tomó su abrigo y la condujo a un despacho.

El corazón a Marisa le latía con fuerza cuando

entró. Cole la esperaba al lado de un imponente escritorio en forma de L. Ella llevaba un traje pantalón beis, pero, de pronto, fue muy consciente de su feminidad, lo cual se debía al poder que irradiaba Cole con su traje azul oscuro.

–Pareces preocupada. ¿Temes que te vuelva a rechazar?

–No me habrías llamado si fueras a hacerlo.

–Puede que sea un canalla sádico que disfruta haciéndote pagar repetidamente tu traición.

Marisa se contuvo para no dar su opinión. En el despacho no había objetos personales, como fotos de familia. Se preguntó si habría sido hasta hacía poco el despacho de Serg.

Cole sonrió, pero no con los ojos.

–Te propongo lo siguiente. Serenghetti Construction construirá el nuevo gimnasio. No quiero oír rumores de que el trabajo se le va a adjudicar a un amigo de un miembro de la junta directiva de la escuela.

–¿Qué?

–¿Sorprendida? –preguntó él avanzando hacia ella–. Yo también. Estoy casi en estado de shock desde que me he enterado de que querías reclutarme para que otro hiciera el trabajo. Y no cualquier otro, sino nuestro máximo competidor. Nos arrebataron los dos últimos trabajos al ofrecer unos costes menores. Pero supongo que eso es lo que tú consideras calidad.

A Marisa le pareció que había llegado al segundo acto de una obra. Faltaba algo.

–No sé de qué me hablas. ¿A qué amigo de qué miembro de la junta te refieres?

43

Cole le escudriñó el rostro unos segundos.

–¿Has formado parte alguna vez de una junta directiva?

Ella negó con la cabeza.

–Las reuniones son públicas, pero hay muchos tejemanejes entre bastidores, mucho intercambio de favores: apoyaremos a quien tú quieres que encabece la recaudación de fondos, si tú apoyas a quien nosotros queremos que haga el trabajo.

Marisa notó que se sonrojaba de vergüenza. Pensaba haber obrado de manera inteligente. Ni siquiera había dicho al señor Dobson que había hablado con Cole porque no estaba segura de que fuera a tener éxito. Quería convencer al señor Dobson de que buscara a otra persona sin que supiera que había fracasado.

Ahora se sentía estúpida. No sabía lo que tramaba la junta directiva. Le entraron ganas de dejarse caer en una silla, pero eso le daría aún más ventaja a Cole.

–Eso es corrupción –consiguió decir.

–Así es la vida.

–No tenía ni idea.

–Ya.

–¿Me crees?

–Eres un cliché andante. En este caso, la maestra ingenua e idealista que no se entera de nada.

–Pues, por lo menos, tu opinión de mí ha mejorado en los últimos quince años –dejó el bolso en una silla. Si no iba a sentarse, al menos se desprendería de un peso muerto para enfrentarse a Cole–. Eso es más de lo que hubieras dicho de mí en la escuela.

–En estos momentos, sé cuándo tienes la culpa –le espetó él, sin contestarle directamente.

–¿Es que tanta experiencia tienes?

–Esto es lo que vas a hacer: vas a decirle al director…

–El señor Dobson.

–… que he aceptado encabezar la recaudación de fondos, pero con una condición.

–Que adjudiquen el trabajo a Serenghetti Construction.

Marisa había experimentado todo tipo de emociones desde que había entrado en el despacho de Cole, pero, en aquel momento, el júbilo porque él hubiera aceptado su propuesta superaba todas las anteriores. Intentó aparentar calma, aunque tenía ganas de saltar de alegría.

Cole asintió, sin percatarse de su estado emocional.

–Que Dobson se enfrente a la junta directiva. Supongo que el miembro que tenga relación con JM Construction se echará atrás. Si Dobson juega bien sus cartas, conseguirá apoyos incluso antes de la siguiente reunión de la junta.

–¿Y si no lo consigue?

–Lo hará, sobre todo si digo que Jordan también participará, aunque no terminara la secundaria en la escuela. Pershing no es una escuela pública que esté obligada a aceptar la oferta más barata a la hora de realizar un contrato. Adjudicárselo a Serenghetti Construction tiene sentido. Al final, el dinero que la escuela se ahorraría al no tener que pagar a una celebridad que encabezara la recaudación de fondos lo compensaría.

Ella suspiró.

–Has pensado en todo.

–En todo no. Aún tengo que vérmelas contigo, cariño.

Sus palabras le dolieron, pero ella consiguió que no se le notara.

–Mala suerte.

–Por partida triple: me lesiono, tengo que hacerme cargo de la empresa y apareces tú.

–Estamos en paz –contraatacó ella–. Mi prometido me ha engañado, me ha abandonado y he tenido que reclutarte para la recaudación de fondos.

–Veo que ya no eres tan diplomática, ahora que me tienes en tus manos –dijo él sonriendo.

–Solo porque eres despiadado con tus competidores.

–¿Igual que tu exprometido? ¿Cómo acabaste relacionándote con él? ¿Es que ahora frecuentas bares de deportistas?

–Sabes por experiencia propia que acudo a gimnasios de boxeo. ¿Por qué no a bares de deportistas?

–Fuiste al Jimmy's solo porque me seguías la pista.

–No pienso discutir.

–¿Ah, no? –se burló él–. ¡Menudo cambio!

–Ya ves.

–A propósito, no sabes qué ponerte para ir al gimnasio.

–Fui allí desde la escuela, vestida de maestra –protestó ella.

–Exactamente. Como te he dicho, eres un cliché andante.

–Y tú eres frustrante y exasperante.

–Habla con los que se enfrentaban a mí en la pista de hielo. Te dirán cómo soy.

–Estoy segura.

–Es agradable saber que te molesto, cielo.

Sus miradas se encontraron. Ella se humedeció los labios con la lengua y él le miró la boca.

–¿Sigues suspirando y llorando por él? –preguntó Cole de pronto.

Ella parpadeó, pillada por sorpresa. No iba a reconocerlo delante de él, pero en la escuela había llorado y suspirado para toda una vida. Era lamentable haber encontrado y perdido al amor de su vida a los dieciocho años. Su vida no podía haber acabado tan pronto.

–¿Por quién?

–Por Sal Piazza.

–No.

Ella había salido con chicos después de acabar la secundaria, pero con ninguno más de unas cuantas veces hasta que apareció Sal.

Al principio, su traición la había dejado en estado de shock. Pero había seguido adelante. Tenía muy mala opinión de Sal y seguía enfadada porque la había engañado. Sin embargo, no había dejado de dormir pensando cómo iba a seguir viviendo ni deseando que Sal viera la luz y volviera con ella.

Creía que se sentiría tan desesperada como después de su aventura adolescente con Cole. Pero, o había madurado o la relación con Sal no había sido tan importante como pensaba. Se negó a profundizar en ello.

–Piazza no merece la pena –dijo Cole al tiempo que se encogía de hombros–. Engaña...

–¿Nunca has engañado a una mujer? –se estaban adentrando en el terreno personal, pero ella no pudo evitar hacerle la pregunta.

–He salido con muchas, pero siempre de una en una. No has contestado mi pregunta de cómo conociste a Piazza.

–¿Por qué te interesa? –suspiró con resignación–. De hecho, nos conocimos en un bar. Algunos profesores van a tomar algo los viernes por la noche y me convencieron de que los acompañara. Él era conocido de una conocida...

Cole enarcó una ceja para animarla a seguir.

–Era estable, digno de confianza...

–Una firme base para construir un matrimonio. Pero resultó que no era tan digno de confianza, que te engañó.

–¿En qué te parece que se debe basar una relación? ¿En una atracción producto de las hormonas y totalmente superficial?

–No busco nada más. Esa es la diferencia.

–Como te he dicho, Sal parecía estable y digno de confianza... –y ella estaba deseando tener una relación normal. Lo único que quería era ser de clase media, con un Cape Cod, una casa en las afueras, dos hijos... y no tener problemas económicos.

Sal también se había criado en Welsdale, pero había ido a otra escuela, por lo que no se habían conocido de adolescentes. Cuando lo hicieron, él trabajaba en una agencia de deportistas con sede en Springfield, pero volvía con frecuencia a Welsdale, que era donde se habían conocido.

Cole parecía enfadado.

–Sal es la versión deportiva de un vendedor de coches, siempre dispuesto a proponerte un trato, como si fuera lo mejor desde la invención de la rueda.

–Por lo que sé, muchos de tus seguidores creían que eras lo mejor desde la invención de la rueda.

Él se encogió de hombros.

–El hockey es un trabajo.

–También lo es la enseñanza.

–Y es la razón por la que volviste a Pershing.

–La escuela se portó bien conmigo –agarró el bolso.

Cole no se movió.

–Estoy seguro. ¿Cuánto llevas dando clase allí?

–Empecé justo después de acabar la universidad, así que no llega a diez años –dio un paso hacia la puerta, pero se detuvo–. Me costó más de cinco años y varios trabajos a tiempo parcial conseguir la licenciatura y el certificado provisional de maestra en la Universidad de Amherst.

Se dio cuenta de que le había sorprendido. Había acudido a una escuela pública y conseguido una beca para Pershing. Y tuvo que trabajar de vendedora, cajera y recepcionista para poder sacarse el título universitario.

Sabía que Cole había estudiado en la universidad de Boston, donde era muy importante el hockey. Estaba segura de que no había tenido que recurrir a trabajos temporales para licenciarse.

–Recuerdo que, cuando estudiábamos, no tenías mucho dinero –dijo él.

–Estaba becada. Trabajaba durante el verano, y

a veces los fines de semana, en una heladería de la calle Sycamore.

—Lo recuerdo.

Ella también lo recordaba. Cole y sus compañeros deportistas apenas pisaban la heladería, pero a las chicas les encantaba. Ella servía a sus compañeras de clase sin problemas, en general, aunque había algunas que se daban aires de superioridad.

—Y tú trabajabas en verano en Serenghetti Construction.

—Lo hice durante toda la carrera.

—Pero no tuviste que hacerlo por dinero.

—No, claro, pero hay diferentes matices en «tener que hacer algo», y uno es el que se refiere a una obligación familiar.

—¿Por eso has vuelto y diriges la empresa?

Él asintió.

—Al menos temporalmente. Tengo otras posibilidades en suspenso, de momento.

—¿Vas a volver a jugar al hockey? —preguntó ella ocultando su sorpresa.

—No, pero tengo otras opciones; entrenar, por ejemplo.

A Marisa se le cayó el alma a los pies, pero se dijo que debía dejarse de tonterías. Le daba igual qué planes tuviera Cole, y no debería extrañarle que no fueran a quedarse en Welsdale al frente de Serenghetti Construction.

—¿Cómo está tu padre? —preguntó ella tratando de llevar la conversación a un terreno más seguro. La noticia del derrame cerebral de Serg se había difundido por Welsdale.

—Hace terapia para recuperar ciertas funciones

motrices. Es dudoso que pueda volver a dirigir la empresa.

–Debe de ser duro para él.

Marisa se preguntó qué pasaría si Serg no se recuperaba y Cole no contemplaba dirigir la empresa de forma permanente. ¿Se haría cargo de ella uno de sus hermanos? Jordan desarrollaba una impresionante carrera deportiva… Reprimió la curiosidad, porque Cole llevaba quince años siendo una puerta cerrada para ella, y le gustaba que fuera así.

–Mi padre es un luchador. Bromea sobre lo que le costará jubilarse y entregar las riendas de la empresa a uno de sus hijos.

Ella sonrió y la expresión de Cole se relajó.

–¿Cómo está tu madre? –preguntó él.

–Se ha casado hace poco con un carpintero –Ted Millepied era un buen hombre y adoraba a su madre.

–¿Dónde vive? Tal vez recurra a sus servicios.

–¿No crees en la culpa por asociación? –preguntó ella sin poder remediarlo. Le sorprendía que él estuviera dispuesto a contratar a alguien relacionado con ella por el matrimonio de su madre.

–No, a pesar de lo que mi hermano te haya hecho creer sobre los Serenghetti y las relaciones por grados de separación.

Marisa recordó las palabras de Jordan: «¿Involucrados por poderes?», «¿Relacionados por un grado de separación?». En realidad, no había habido relación alguna entre Cole y ella desde la escuela.

–Mi madre sigue viviendo en Welsdale –prosiguió Marisa–. La han ascendido a gerente del centro comercial Stanhope.

Estaba orgullosa de su madre. Tras muchos años de vendedora, mientra estudiaba una carrera por las noches y durante los fines de semana, Donna Casale había ascendido a gerente del mayor centro comercial de la zona de Welsdale.

Cole la miraba atentamente. Habían vuelto al terreno personal. «Para, para», se dijo ella. Tenía que marcharse.

–Muy bien. Si Pershing admite tus condiciones sobre el contrato de la obra, ¿te encargarás de recaudar los fondos?

–Sí.

–Estupendo –se adelantó hacia él y le tendió la mano–. Trato hecho.

Cole tomó su mano y sus ojos se encontraron. Él estaba tan cerca que ella le veía las motas doradas de los ojos. Había olvidado lo alto que era.

Tragó saliva y entreabrió los labios.

Cole dirigió la mirada hacia ellos.

–¿Hablabas en serio sobre lo que le dijiste a Jordan?

–¿Sobre…? –carraspeó y lo volvió a intentar–. ¿Sobre qué?

–¿Era él tu plan B?

–No tengo plan B.

–¿Y lo de que te arrepientes de haberte chivado de mí al señor Hayes?

–Me arrepiento todos los días. Ojalá las circunstancias hubieran sido distintas.

–¿Has deseado alguna vez que las cosas hubieran sido distintas entre nosotros?

–Sí.

–Yo también.

Sonó un móvil y deshizo el momento.

Marisa retrocedió y Cole se sacó el teléfono del bolsillo.

–¿Señor Serenghetti?

Marisa dirigió la vista a la puerta, donde había aparecido la recepcionista.

–Ya está –contestó él–. También me ha llamado al móvil.

La recepcionista asintió mientras se retiraba.

–También ha llegado la persona que ha citado de las cuatro.

Cole miró a Marisa a los ojos mientras hablaba por teléfono. Y ella entendió por su expresión que le decía que seguirían hablando, que aún no habían terminado.

Marisa asintió rápidamente antes de dirigirse a la puerta.

Mientras tomaba el ascensor y salía a la calle, analizó lo que Cole le había dicho sobre su deseo de que las cosas hubieran sido diferentes entre ellos. ¿A qué se refería? ¿Acaso importaba?

Pero aún más enigmática resultaba la expresión de su rostro, que le había transmitido que aún no habían terminado.

Tal vez fueran a escribir un final distinto.

Capítulo Cuatro

Marisa lo miró con los ojos muy abiertos.

—Cole, por favor. Te deseo.

—Sí —se oyó a sí mismo contestar, con voz ronca.

Estaban hechos el uno para el otro. Había esperado quince años para demostrarle lo bien que podían estar juntos. Quería decirle que la complacería, que no sería un revolcón en un sofá. A la hora del sexo, la comunicación que había entre ellos podría ser perfecta y explosiva.

La besó en los labios y ella abrió la boca para él. Sabía a baya madura y sus lenguas se encontraron. El beso se hizo más profundo y urgente. Se apretaron el uno contra el otro y ella gimió.

Él notó la urgencia de su excitación cuando los senos de ella le presionaron el pecho. Ella era sexy, y lo deseaba. Él nunca había experimentado tanto deseo por nadie. Era primitivo y primario.

—Cole —ella lo miró—. Ahora, por favor.

—Sí —dijo él con voz ronca—. Va a ser estupendo, cielo. Te lo prometo.

Se situó adecuadamente y la penetró sin dejar de mirarla a los ojos. Estaba caliente y resbaladiza. Y él se deslizaba hacia el éxtasis…

Cole se despertó sobresaltado.

Miró a su alrededor. Estaba inquieto, excitado… y solo.

Tenía la húmeda sábana a la altura de la cintura y enrollada en las piernas. Se sentía, sobre todo, irritado e insatisfecho.

Había soñado con Marisa Danieli. Se esforzó en que le disminuyera la velocidad del pulso y apartó la sábana. Miró el reloj de la mesilla. Debía estar en su despacho en una hora. Desconectó la alarma antes de que sonara y se dirigió a la ducha.

Se metió en la ducha y trató de serenarse bajo el agua antes de enjabonarse. Se dijo que había soñado con Marisa solo porque quería ganar. El sexo era una metáfora para hacer caer las defensas de ella. Así experimentaría cierto alivio en aquel frustrante baile en el que ambos participaban.

No deseaba, desde luego, una segunda ronda con ella. Ni siquiera estaba seguro de confiar en ella.

Condujo deprisa a su despacho. Acababa de entrar cuando la recepcionista le dijo que lo llamaba el señor Dobson, de la escuela Pershing.

Marisa debía de haber hablado con el director de la escuela y este no había tardado en ponerse en contacto con él.

Después de haber preguntado a sus contactos, Cole sabía que uno de los miembros de la junta directiva de Pershing jugaba al golf con el consejero delegado de JM Construction. No tenía pruebas irrefutables que de JM tuviera asegurada la construcción del gimnasio, pero eso le bastaba. Al final, las pruebas no importaban. Esa obra debía hacerla Serenghetti Construction, no JM.

–Señor Dobson, soy Cole Serenghetti. ¿Qué desea?

Dobson le habló como si se conocieran y llamarse fuera algo habitual entre ellos. Después, le agradeció que hubiera aceptado encabezar la recaudación de fondos para el nuevo gimnasio de Pershing e invitó a Serenghetti Construction a presentar una propuesta para construirlo.

Cole pensó que Marisa ya debía haber transmitido al director que su participación en la recaudación de fondos y la construcción del gimnasio iban unidas. Pero tenía que asegurarse de que no había ninguna duda al respecto. Esperaba al menos un apretón de manos, cuando no un contrato firmado.

–Tengo un socio arquitecto con el que trabajo. Propongo que nos reunamos la semana que viene para hablar del gimnasio, los costes y el plazo de entrega de la obra. Después le enviaré los contratos para que los estudie.

Dobson estuvo de acuerdo.

–Si quiere, invite a los miembros de la junta directiva a ir a la reunión. Quiero que todos se sientan a gusto con el equipo de Serenghetti.

–Le aseguro que la junta está encantada de que el nombre de Serenghetti se asocie tanto a la recaudación de fondos como a la construcción del gimnasio.

Cole sonrió. Estaba contento de que se hubieran entendido. Parecía que el director había hecho cálculos y había llegado a la conclusión de que la aparición gratis de una o dos estrellas del hockey suponía mucho para la escuela. Cole se dijo que tenía que llamar a Jordan para decirle que los dos participarían en la recaudación.

También pensó que le debía un favor a Marisa por cumplir su palabra.

–Invite también a la señorita Danieli a la reunión. Si es la encargada de recaudar fondos, tendrá que hablar con conocimiento de causa del proyecto de construcción a posibles donantes.

–Excelente idea –afirmó Dobson–. Se lo diré.

En cuanto acabó de hablar con el director, Cole llamó a su hermano y conectó el altavoz.

–Incluye la recaudación de fondos para la escuela Pershing en tu calendario. Te mandaré un correo electrónico con la fecha y la hora, cuando Marisa me los diga. Tendremos que ponernos esmoquin o algo parecido.

Mientras hablaba comenzó a escribir un mensaje a Marisa. ¿Tenía ella previsto que hubiera que ir vestido de etiqueta? También tenía que decirle que Jordan participaría.

La inconfundible risa de Jordan sonó a través de la línea telefónica.

–Primero me dices que no me acerque a Marisa y ahora quieres que acuda contigo a la fiesta. ¿En qué quedamos? Y lo más importante, ¿haremos buena pareja?

–No vas a ser mi pareja, zoquete.

–Pues me partes el corazón. ¿Me va a sustituir Marisa o hay otra maestra de la que te hayas encaprichado?

–Hasta luego, Jordan –dijo Cole dando por finalizada la llamada.

Acabó de escribir el correo electrónico y se regodeó durante unos segundos en haber cortado el paso a JM Construction. Lo único que le quedaba por hacer era esperar que Marisa lo llamara para darle los detalles.

La segunda vez no era tan intimidante, pensó Marisa, al entrar en las oficinas de Serenghetti Construction, un jueves por la tarde.

La semana anterior había acudido a una reunión del señor Dobson con Cole y su socio arquitecto para hablar del contrato para construir el gimnasio. Marisa había tomado notas mientras era consciente de que Cole la miraba de vez en cuando, pero ella se había mantenido en segundo plano, con la cabeza baja, y solo había hecho un par de preguntas.

Era maestra, no constructora, pero, una vez acabada la reunión, se dio cuenta de que debía estudiar en serio si esperaba llegar a ser subdirectora algún día. Un director de escuela como el señor Dobson tenía que ocuparse de muchas cosas, aparte del currículo escolar. También era responsable del buen estado del edificio de la escuela.

De hecho, había investigado un poco en Internet porque ese día iba a ver a Cole sola para echar una ojeada a algunos planos y darle su opinión al señor Dobson, que le había pedido que viera los planos de otras instalaciones deportivas construidas por Serenghetti Construction.

Debería estar contenta por aquella ampliación de sus responsabilidades, de cara a un posible ascenso, pero solo pensaba en Cole. Desde la reunión de la semana anterior, se habían comunicado únicamente por correo electrónico sobre detalles referentes a la recaudación de fondos.

Pero su activa imaginación había suplido lo que no se habían dicho. Había repasado cada palabra y mirada que él le había dedicado en la reunión con el señor Dobson y el arquitecto. También había repasado la conversación que los dos habían tenido en el despacho de Cole, en especial lo referente al deseo de ambos de que su relación hubiera acabado de otro modo.

Le estaba agradecida por haber aceptado su propuesta. Y también se sentía vulnerable y atraída por él.

Aquello era peligroso. Nunca podría tener una relación con Cole, debido a su propia historia familiar. Llevaba toda la vida acarreando las consecuencias del pasado, aunque solo había conocido los detalles después de cumplir veinte años.

Dio el nombre a la recepcionista, que le indicó el despacho de Cole.

Cuando llegó a la puerta, Cole alzó la vista como si hubiera presentido su presencia.

–Marisa –se levantó y rodeó el escritorio.

A ella se le aceleró el pulso al entrar. Como siempre, la abrumó su masculinidad. Ese día iba de traje, pero se había quitado la chaqueta y la corbata. A pesar de no llevar el uniforme completo, parecía un ejecutivo rico y triunfador.

Marisa llevaba una camisa de rayas y unos pantalones azul marino, una ropa adecuada y discreta, en su opinión. A ver si ese día él volvía a decirle que era un cliché.

Cole la miró de arriba abajo mientras se le acercaba, pero no dijo nada. Cuando se detuvo frente a ella, sin más preámbulos, le preguntó:

–¿Qué te pareció mi reunión con Dobson la semana pasada?

Ella se reprimió para no decirle que la reunión había sido del señor Dobson y ella con él.

–Fue bien.

Cole asintió.

–Dobson quiere que veas planos antiguos. Cada trabajo es único, pero supongo que quiere cubrirse las espaldas.

–¿Por si tiene que dar explicaciones sobre el resultado del contrato con Serenghetti?

Cole la miró con dureza e inclinó la cabeza.

–Serás tú la que tengas que dar explicaciones, ya que eres la que está aquí hoy. Vas a hacerte una idea de lo que han obtenido antiguos clientes nuestros.

–Muy bien. ¿Tienes planos de otros gimnasios que hayáis hecho?

–De un par de ellos. También conocerás el meollo de la construcción. Aquí nadie se dedica a perder el tiempo. Y mucho menos yo –le indicó que lo acompañara fuera del despacho–. Deja tus cosas aquí. Volveremos dentro de unos minutos.

Marisa dejó en una silla el bolso y la chaqueta que llevaba colgada del brazo y siguió a Cole por el pasillo. Se detuvieron ante una puerta de aspecto más antiguo. Cole se sacó las llaves del bolsillo y abrió las dos cerraduras.

–Ya veo que no todo en Serenghetti Construction es tecnología de vanguardia.

–Este edificio es de los años treinta del siglo pasado y hemos conservado almacenes con paredes de cemento y puertas con pestillos. En ellos guardamos archivos confidenciales y antiguos documentos.

Abrió la puerta y encendió la luz.

Era una pequeña habitación con archivadores de metal a los lados.

Cole entró y comenzó a examinar los archivadores.

–Aquí debe de estar archivado el trabajo de varias décadas.

–Los trabajos de rehabilitación forman una parte sustancial de nuestra actividad –contestó Cole mirándola–. Revisamos estos planos cuando hacemos reformas o añadidos a estructuras preexistentes, tanto para antiguos como para nuevos clientes. Pero, entra.

Ella lo hizo y se puso a mirar los archivadores para no mirarlo a él.

–¿Cómo sabes dónde buscar?

Oyó un clic a sus espaldas y vio que la puerta se había cerrado. Trató de reprimir el miedo y dijo:

–Voy a salir para dejarte más espacio para buscar lo que necesitas.

Agarró el picaporte e intentó abrir la puerta, que no se movió. Volvió a mover el picaporte al tiempo que empujaba la puerta.

–La has hecho buena.

Ella se volvió con los ojos muy abiertos.

–¿Qué quieres decir?

–Que nos has dejado encerrados.

–Has sido tú quien me ha dicho que entrara –dijo ella lanzándole una mirada acusadora.

–Pero no que cerraras la puerta. Hay un tope para mantener la puerta abierta. ¿No lo has visto?

–¡No!

–¿Te dan miedo los espacios reducidos? –preguntó él en tono sardónico.

–No seas absurdo –le daban miedo Cole y los espacios reducidos.

–Respira.

–No quiero consumir todo el aire de la habitación.

Parecía que él hacía esfuerzos para no reírse.

–No lo harás. ¿Te pasa esto a menudo?

–Va y viene. No tengo claustrofobia, pero no me gustan los espacios pequeños.

–Relájate.

Ella se hallaba sensorialmente abrumada y la proximidad de él en un espacio no más grande que el de un armario amenazaba con dejarla fuera de juego.

–Te parece divertido, ¿verdad?

–Síncope vasovagal, claustrofobia… Vamos mejorando.

–Muy gracioso –se sentía expuesta al mostrar sus debilidades.

–Podrías gritar pidiendo ayuda –propuso él.

–La única razón que tengo para gritar es que me estás volviendo loca.

Él se le acercó más, hasta casi rozarla.

–Puedes usar el móvil.

–Me lo he dejado en el bolso, en tu despacho. ¿Y el tuyo?

–Yo también me lo he dejado allí.

–¿Cómo has podido dejar que pasara esto?

–No he sido yo –contestó él con exagerada paciencia.

Ella buscó cualquier tema de conversación para no pensar en el pánico que sentía.

–¿Te imaginaste que Serenghetti Construction se convertiría en tu segunda carrera, después del hockey?

–No, pero conocía la profesión, ya que había trabajado en la empresa los veranos para ganarme un dinero. Me licencié en Dirección de Empresas en la Universidad de Boston.

–Tu padre siempre quiso que le sucedieras al mando de la empresa.

–Alguien tenía que hacerlo, pero yo no me había comprometido.

–Y, entonces, tu sueño deportivo se vino abajo.

–Para ser una mujer a la que no le gusta enfrentarse a temas desagradables, no te andas con rodeos.

–¿De qué temas no me gusta hablar? Solo me preguntaba si te resultó difícil aceptar tu nueva situación.

Él se cruzó de brazos.

–¿Tú has asumido el pasado?

–¿A qué te refieres?

–A nosotros.

–Algunos no tuvimos la suerte de tener el plan B de poder trabajar en la empresa familiar.

–No te vas a escapar. No voy a dejar que cambies de tema. ¿Por qué fuiste a contarle al señor Hayes que yo había gastado la broma? ¿Porque mi familia era rica y yo tenía un plan B?

–Por favor –se burló ella.

La reunión escolar del último curso se había bautizado con el nombre de «Pershing hace el bien». Iba a haber proyecciones de vídeo de los alumnos y profesores haciendo trabajo voluntario. En lugar de ello, se convirtió en un chiste porque Cole insertó imágenes de la cabeza del señor Hayes en un cuerpo de boxeador y otras, vestido de la misma manera, posando al lado de un descapotable.

Al señor Hayes no le había hecho ninguna gracia.

—¿O fue una manera de vengarte después de que hubiéramos tenido sexo y no me hubiera dedicado a decirte frases bonitas a todas horas?

Ella lo miró con incredulidad.

—Ni siquiera me hablabas.

—Ah, ahora vamos bien encaminados —dijo él con los ojos brillantes.

—¿Hacia dónde? Eres tú quien se ha montado una película sobre una amante contrariada buscando venganza.

—¿Y no lo eras?

—Era virgen.

—Muy bien, así que yo fui el malvado seductor que te robó la virginidad, y no hay nada peor que una mujer despreciada. Esa también es una buena película, salvo porque recuerdo que tú participaste de forma voluntaria.

Ella negó con la cabeza vehementemente.

—No tuvo nada que ver con el sexo, al menos en mi confesión al señor Hayes. Te has acercado más al creer que se trataba de dinero.

La expresión de Cole se endureció.

—El señor Hayes me llamó a su despacho. Suponía que algunos alumnos del último curso sabían algo de la broma. Lo habías humillado delante de los alumnos, así que iba a llegar al fondo del asunto, por encima de todo. Me amenazó con no recomendarme para una beca universitaria si no le confesaba quién lo había hecho. Yo te había oído decir a uno de tus compañeros de equipo que habías conseguido colarte en la oficina de la escuela.

Marisa ya sabía, cuando el señor Hayes la había llamado al despacho, que su puesto de director peligraba. Mientras trabajaba barriendo pasillos, como parte de su trabajo tras las clases, había oído a miembros del personal decir que cabía la posibilidad de que no le renovaran el contrato, porque su forma de trabajar causaba polémica. La broma de Cole aumentaría la impresión de que el señor Hayes no se había ganado el respeto de la comunidad escolar.

Cole entrecerró los ojos.

—Estaba acorralada. No tenía un plan B. Necesitaba el dinero de la beca o me tendría que olvidar de ir a la universidad.

—Hay que ser desaprensivo para coaccionar a una alumna de dieciocho años.

—Yo estudiaba en Pershing con una beca, lo que implicaba que tenía que sacar buenas notas y portarme bien. A diferencia de otros, no podía permitirme el lujo de ser bromista.

Cole soltó un improperio.

—Así que tenías razón. Te delaté, y lo siento. Por si te sirve de consuelo, mis compañeros me hicieron el vacío. Algunos me vieron entrar al despacho del director, por lo que supusieron que había sido yo quien se había chivado. Al fin y al cabo, el señor

Hayes te llamó inmediatamente después de interrogarme. Los rumores comenzaron enseguida. Mi única defensa era que, si no hubiera conservado la beca, habría tenido una vida llena de penalidades económicas, como mi madre. Sabía que la universidad era mi salvación.

Debería dejar de hablar, pero no podía detenerse.

—¿Por qué no me dijiste que el señor Hayes te había sobornado para que hablases? Se le escapó tu nombre al enfrentarse a mí, pero no entró en detalles.

—¿Me habrías escuchado? Lo único que te interesaba era la liga de hockey. Y mis motivos habrían dado lo mismo, ya que, en cualquier caso, no podrías jugar.

Los recuerdos le desgarraron el corazón. Se había quedado en casa, con Serafina, la noche del baile de fin de curso. Se había enterado de que Cole, que ya se había reincorporado a las clases, iría al baile con Kendra, una animadora del equipo. Había llorado hasta quedarse dormida, mucho después de que Sera se acostara. Y le había ocultado su pena porque no quería que le hiciera preguntas.

Marisa tomó aire temblando mientras Cole la miraba fijamente. Sabía que le había hecho daño, pero el pasado no podía cambiarse.

—¿Cómo vamos a salir de aquí? —preguntó volviendo a sentir pánico. Sofocada, hizo gestos con las manos hasta que él se las agarró. La miró con tanta intensidad que ella se quedó sin aliento.

—Creo que este sería el momento de gritar —dijo él.

–¿Porque no tenemos otra opción?

–No, porque si no te he vuelto ya loca del todo, esto lo hará.

Bajó la cabeza y le atrapó la boca.

La abrazó y la besó con tanta seguridad en sí mismo que ella se estremeció. Sintió los músculos de su pecho oprimirle los senos, que le cosquilleaban. Todo le cosquilleaba.

Él saboreó sus labios, se los acarició hasta dejárselos húmedos y ansiosos de más. Se los recorrió con la punta de la lengua hasta que los abrió. Levantó las manos para agarrarle la cabeza y le introdujo los dedos en el cabello. Después le acarició el interior de la boca, haciendo el beso más profundo, y ella fue a su encuentro de forma instintiva. Ella suspiró y él emitió un sonido de placer.

Lo deseaba. Se había enamorado de él en la escuela y no negaba que la seguía atrayendo. El deseo, los nervios y la indefensión componían una mezcla que la mareaba.

Cole se separó de ella lentamente.

Marisa abrió los ojos y se encontró con la brillante mirada de él.

–Lo he conseguido.

–¿El qué? –preguntó ella con voz ronca.

–Se te ha olvidado el miedo.

Solo tenía razón en parte. Se había olvidado del reducido espacio en el que se hallaban, pero desearlo sexualmente había sustituido a la ansiedad.

Retrocedió un paso y chocó contra un archivador.

–¿Cómo puedes besar a una mujer que ni siquiera te cae bien?

–Te hacía falta un beso.

–Lo que me hace falta es salir de aquí.

Él pasó a su lado y ella se puso tensa. Con un ligero empujón, volvería a estar en sus brazos.

Vio que él agarraba el picaporte, lo giraba y al mismo tiempo empujaba la puerta con el hombro. La puerta se abrió.

Él se volvió sonriendo levemente.

–Por favor...

Ella salió al pasillo, muy aliviada, pero le lanzó una mirada acusadora.

–Sabías que se podía abrir, ¿verdad?

–Sabía que nada lo impedía, salvo que se había quedado atrancada debido a los años que tiene. Simple lógica deductiva. Se te hubiera ocurrido si no te hubieras asustado y puesto a hablar sin parar.

–Cuando creo que estoy a punto de morir ahogada, las palabras me salen solas –ahora iba a morirse, pero de vergüenza. ¿Por qué le había confesado lo sucedido en el despacho del director? Y se había derretido en sus brazos...

–Tengo que irme, lo siento. Habrá que posponer la cita para otro día.

–Marisa...

Ella retrocedió unos pasos antes de dar media vuelta y recorrer el pasillo deprisa, sin esperarlo. Se detuvo a recoger la chaqueta y el bolso en el despacho, antes de salir del edificio y dirigirse al coche.

Ya se había consolado con tarta de chocolate. ¿Qué le quedaba?

Capítulo Cinco

Cole examinó la obra desde un montículo de barro. Pensaba solo a medias en la conversación que debía tener con el capataz, ya que, a la vez, pensaba en qué hacer con Marisa.

A diferencia de la obra de Springfield en que Marisa lo había localizado, aquella ya tenía la mampostería y la instalación eléctrica. Aquel complejo de oficina a las afueras de Northampton era uno de sus grandes proyectos.

–Sam baja ahora –gritó uno de los obreros.

Cole asintió antes de que su pensamiento volviera a vagar.

Había llamado al director de Pershing poco después de que Marisa hubiera salido huyendo. Había asumido la responsabilidad del fracaso de la cita. Era lo menos que podía hacer después de haberse enterado de la verdad de lo sucedido quince años antes.

De todos modos, no había sido capaz de dejar de pensar en Marisa. Llevaba años odiándola. No, no era cierto. Había construido un muro y la había aislado de su vida.

Ahora entendía la disyuntiva a la que se había visto enfrentada en el despacho del director. Hubiera preferido no oír su confesión porque se había dado cuenta de que, por aquel entonces, era

69

un inmaduro chico de dieciocho años al que le importaba más de la cuenta la liga de hockey de la escuela.

Marisa, por el contrario, era una adolescente perspicaz, como lo demostraba su comportamiento ante el señor Hayes. Y él la había desdeñado por eso. Pero la verdad era que se había enamorado de ella precisamente porque le parecía dueña de sí misma y distinta, carente de las preocupaciones superficiales de sus compañeros de clase. La verdad era que ella era entonces mucho más madura, sin duda porque había tenido que crecer deprisa.

Cole maldijo para sí.

Marisa se había equivocado al decirle que lo único que le importaba era el campeonato de hockey. También le importaba ella... hasta que se sintió traicionado.

En el almacén lo había dejado conmocionado con su explicación sobre lo sucedido en el despacho del director, y él la había besado. Fue un beso tan placentero como se lo había imaginado, mejor de los que recordaba de la escuela.

El pulso se le aceleró al pensarlo y al anticipar que volvería a ver a Marisa. Tenía que hacerlo.

Sacó el teléfono y comenzó a escribir un mensaje. Ella le había llamado desde su móvil para fijar la reunión en las oficinas de Serenghetti Construction para examinar planos antiguos, por lo que tenía su número.

Le he dicho a Dobson que la reunión fue muy breve porque tenía cosas que hacer. Vamos a concertar otra cita. Cenemos el viernes, a las 18:00h.

En cuanto lo envió, se sintió mejor.

Vio que el capataz se acercaba, así que se guardó el teléfono en el bolsillo trasero de los vaqueros y se ajustó el casco.

En cuanto hubo acabado de hablar con él, fue a casa de sus padres. Se dirigió a la parte trasera del jardín, donde sabía que estarían sus padres, porque se lo había dicho su madre cuando había hablado con él ese mismo día.

Serg se hallaba instalado en una silla de hierro forjado. Una chaqueta y una manta lo protegían del aire fresco. Parecía ir vestido para montar en trineo en Alaska. Lo que más temía Camille Serenghetti era que alguno de sus seres queridos pillara un catarro o una gripe. Pero aún temía más que su esposo o sus hijos pasaran hambre. En aquel momento, se hallaba al lado de una mesa llena de fruta, pan, agua y té.

Cole se sentó y comenzó a charlar con su padre. Afortunadamente, el derrame cerebral no le había afectado el habla. Hablaron de su salud y de otros temas generales. Durante toda la conversación, su padre se mostró tenso, como si presintiera que la visita de su hijo tenía otro objetivo.

Cuando la conversación decayó, Cole aprovechó la ocasión para decir:

—Estoy buscando compradores para la empresa.

—Será por encima de mi cadáver —dijo su padre, dando un puñetazo en la mesa.

—Somos una empresa de tamaño medio. Lo mejor es que nos compre una de las grandes.

Y Cole podría seguir con su vida. Había puestos de entrenador disponibles y también quería dedicarse a invertir el dinero que había ganado jugando al hockey.

–De ningún modo.

–No te conviene alterarte en tu situación, papá –había creído que podría hablar de forma racional con su padre sobre el futuro de la empresa porque Serg no iba a recuperarse del todo. Así que, a no ser que se vendiera, Cole debería trabajar en ella permanentemente.

–¿Sabes lo que no es bueno para mí? Que mi hijo me diga que quiere vender la empresa que tanto trabajo me costó crear.

Camilla se acercó a toda prisa.

–Recuéstate en los cojines. Y no te alteres.

–Sé razonable, papá –Cole llevaba meses esperando tener aquella conversación. Había que afrontar la realidad: Serg no iba a mejorar de forma significativa, por lo que había muy pocas posibilidades de que pudiera retomar las riendas del negocio.

–¿Qué le pasa a la empresa para que quieras venderla?

–Tiene que crecer o morirá.

–¿Y no te interesa hacer que crezca?

Cole no contestó.

–He oído que has sido más hábil que JM para obtener el contrato de construcción del nuevo gimnasio de Pershing.

Cole supuso que se había enterado en una de sus llamadas ocasionales a las oficinas de Serenghetti Construction. A su padre le gustaba hablar con los empleados mayores y estar al tanto de lo que sucedía, aparte de lo que Cole le contaba. Este no había comentado nada en las oficinas sobre su acuerdo con Marisa, salvo el hecho de que Serenghetti Construction había ganado a su competidor, JM Construction.

–¡Crece o muere! La empresa te pagó la universidad y el entrenamiento de hockey. No le pasa nada.

La empresa necesitaba sangre fresca para avanzar hacia el futuro. Serg la había llevado hasta donde había podido. Y si Cole no se andaba con cuidado, tendría que capitanear el barco durante décadas.

–¿Qué vas a hacer en su lugar que sea tan importante? –se quejó Serg–. ¿Ser entrenador de hockey?

A Cole no le sorprendió que su padre adivinase la dirección de sus pensamientos. El otoño anterior había tenido una entrevista para entrenar a los Madison Rockets, pero no lo habían llamado, por lo que no lo había comentado. Si conseguía un puesto de entrenador, tendría que dejar la empresa, porque no podía tener dos trabajos en ciudades distintas.

–La vida de un entrenador es dura si se tienen hijos. ¿O tampoco en eso vas a imitar a tu padre? ¿Es eso otra parte de tu herencia que vas a rechazar?

–Casarme y tener hijos no es parte de mi herencia, papá.

–¡Es evidente que ya no hablamos el mismo idioma!

–Cálmate, Serg –dijo Camilla con preocupación–. Ya sabes lo que ha dicho el *dottore*.

Camille siempre había tratado de suavizar las cosas entre su esposo y sus hijos. Cole presentía que su madre entendía mejor que su padre lo que era tener un sueño y deber posponerlo. Ahora, ella presentaba un programa de cocina en la televisión.

–Los anticoagulantes cuidarán de mí, aunque no lo hagan mis hijos.

–Yo cuidaré de ti –afirmó Camilla.

Cole miró a sus padres.

–Eso sí que es un cambio.

Serg frunció el ceño.

–¿Qué? Deja de hablar en clave.

Cole dudaba que lo que iba a decir fuera bien recibido.

–De repente, es mamá la que tiene una profesión y la que promete que te cuidará.

–Siempre has sido un sabelotodo –gruñó su padre–. Más incluso que tu hermano.

–¿Cuál de los dos? –preguntó Cole al tiempo que se levantaba–. Te dejo que sigas descansando. Tengo que hacer un par de llamadas.

–¡Descansar! Eso es lo que todos quieren que haga.

Cole tenía cosas que hacer, una de las cuales se relacionaba con una maestra que había reaparecido en su vida.

–Hola, mamá.

–¡Cariño! –Donna Casale se abalanzó hacia ella con la alegría reflejada en el rostro.

Para Marisa era como ver una versión mayor de sí misma. Por suerte, el futuro no parecía malo en ese sentido. Su madre, de cincuenta y cuatro años, parecía más joven. Seguía conservando el buen tipo que había atraído a los hombres toda su vida. Pero se había quedado sola y embarazada a los veintitrés años. Y los muchos años trabajando de dependienta implicaban que siempre presentara buen aspecto: cabello teñido, maquillaje y una sonrisa. Claro que el matrimonio probablemente tuviera también algo que ver. Parecía feliz.

Mientras se abrazaban, Marisa sintió una punzada de dolor al compararse con ella. Cuando se casaron, su madre y Ted compraron una casa de madera de tres habitaciones. Marisa y Sal habían hablado de comprarse una casa durante su breve noviazgo.

—Entra —dijo su madre separándose de ella—. Llegas temprano, pero estoy muy contenta de verte. ¡Siempre tienes tanto trabajo!

Marisa intentaba estar ocupada. Se había sumergido en el trabajo tras la ruptura con Sal para evitar pensar en cosas deprimentes.

Donna cerró la puerta y Marisa la siguió a la parte trasera de la casa.

—Me alegro de que te quedes a cenar.

—Es un descanso que agradezco, mamá, y seguro que me vas a mimar.

—Pues llegas justo a tiempo para ayudarme a preparar la lasaña —dijo su madre riéndose—. Ted llegará pronto.

Cuando llegaron a la pequeña cocina, recién reformada, Marisa dejó sus cosas en una silla y su madre se acercó a la encimera, llena de cuencos e ingredientes.

Marisa se fijó en la foto de Ted y su madre el día de la boda. Sonreían. Ella llevaba un ramillete de flores y un vestido largo de satén color crema. A la boda solo había acudido Marisa, que también había hecho de testigo, ya que Ted no tenía hijos.

Marisa reprimió un suspiro de tristeza. Su madre y ella se lo contaban todo, pero ahora ella tenía a otra persona, de lo cual Marisa se alegraba infinitamente.

Solo que… solo que… Se le apareció la imagen de Cole.

La semana anterior la había besado en el almacén y ella le había devuelto el beso. Y el recuerdo del mismo había permanecido. Lo revivía antes de acostarse, mientras conducía al trabajo y durante los momentos de descanso de la jornada escolar.

Su madre la miró y frunció el ceño.

–Pareces preocupada. ¿Te cuidas?

Era una pregunta a la que Marisa estaba acostumbrada. Al haber nacido prematuramente, su madre siempre se había preocupado por su salud.

–Estoy bien –dijo sonriendo.

–Has sido una luchadora desde el primer día de vida.

Marisa siguió sonriendo, pero intentó cambiar de tema.

–Serafina ha encontrado piso y se muda mañana.

–Ya me he enterado.

–Tendré el piso para mí sola –incluso antes de que su prima se hubiera ido a vivir con ella, nunca le había parecido que vivía sola. Sal se quedaba en su casa con frecuencia.

–Deberías casarte.

–Estuve prometida, pero no salió bien.

Desde que su madre se había casado con Ted, había cambiado de opinión acerca del matrimonio.

–¿Y qué? No era el hombre adecuado. Conocerás a otro.

Marisa pensó en Cole. No, él era el pasado, no el futuro, a pesar de que ocupaba su presente.

–Mamá, como te acabas de casar ves el mundo de color de rosa, pero...

–¿Cómo dices eso, cariño? Aunque esté recién casada, no he olvidado los años de lucha.

Los ojos de color ámbar de Donna, tan parecidos a los de su hija, se empañaron. Marisa se preguntó si recordaba lo mismo que ella. Los años de hacer malabarismos para pagar las facturas; estar a un paso de que les cortaran la luz; las tarjetas sin crédito porque, a Donna, su orgullo le impedía pedir prestado a sus familiares.

–Lo sé, mamá. Yo estaba allí.

–Y eso forma parte de mi culpa –afirmó su madre suspirando.

–¿Cómo?

–No te protegí lo suficiente. No tuviste una infancia todo lo segura que hubiera deseado.

–Lo hiciste lo mejor que pudiste. Siempre me sentí querida. Fui a una buena escuela, tengo un título universitario y un gran trabajo.

–De todos modos, me gustaría que tuvieras a alguien en quien apoyarte. No voy a estar aquí eternamente.

–¡Solo tienes cincuenta y cuatro años, mamá!

–¡Ojalá te hubiera dado hermanos! –exclamó su madre con tristeza.

–¡Si apenas podías conmigo! –además, tenía primos.

–Fuiste una niña buena. El señor Hayes se acercó a mí el día de tu graduación a decírmelo y a asegurarme que te había educado muy bien.

Marisa reprimió una mueca. Era de esperar que el señor Hayes la considerara una buena chica, ya que había delatado a Cole. Marisa no le había contado nada de eso a su madre. No quería cargarla con más de lo que tenía.

–Por cierto, ¿qué tal en Pershing?

–Soy la encargada de organizar la fiesta para recaudar fondos que se celebrará en mayo.

–Ted y yo acudiremos, desde luego. Queremos darte nuestro apoyo.

–Gracias –Marisa observó la máquina de hacer pasta–. Has estado ocupada.

–Es una de las ventajas de tener el día libre. He hecho las láminas para la lasaña.

Marisa agarró una y la depositó en la bandeja donde su madre ya había puesto salsa de tomate.

–¿Van bien los preparativos?

–Sí. Cole Serenghetti, de los New England Razors, ha aceptado encabezar la recaudación.

–Estupendo. Es muy popular.

«Y que lo digas», pensó Marisa.

–Ya no juega al hockey, Se lesionó.

–Sí, lo había oído. Era muy buen jugador en la escuela secundaria… hasta que se produjo el incidente que le supuso una expulsión temporal.

–Ahora dirige la empresa familiar –dijo Marisa,

sin que su expresión delatara nada–. No sé si le hace muy feliz. Su padre ha tenido un derrame cerebral.

–Sabes mucho de él.

–No te preocupes, mamá –contestó Marisa mientras ponía más láminas de lasaña–. También sabía mucho de Sal antes de que me dejara plantada. El gato escaldado del agua fría huye…

Donna extendió una gruesa capa de queso sobre la lasaña que Marisa había formado.

Antes de que pudiera añadir nada más, le pitó el móvil. Se limpió las manos con un paño de cocina y sacó el móvil del bolso. Al ver el mensaje, el corazón se le aceleró.

Le he dicho a Dobson que la reunión fue muy breve porque tenía cosas que hacer. Vamos a concertar otra cita. Cenemos el viernes, a las 18:00h.

–¿Todo bien? –preguntó su madre mirándola fijamente.

–Hablando del rey de Roma… No de Sal, del otro rey, Cole Serenghetti.

–¿Te ha mandado un mensaje? ¿Tan bien os conocéis?

–Es la primera vez. Tiene mi número porque tuve que llamarlo para hablar de la recaudación de fondos y el nuevo gimnasio –no iba a decirle a su madre que había estado en su despacho, ya que eso podría inducirla a hablarle del incidente en el almacén. Y no quería hacerlo bajo ningún concepto, a pesar de tener treinta y tres años–. Me ha invitado a cenar. Es una cena de negocios –aclaró al ver que su madre enarcaba las cejas.

Iría. Le estaba agradecida por no haberle contado la verdad al señor Dobson. Además, se sentía aliviada porque él seguía queriendo tratar con ella sobre la recaudación de fondos y la construcción del gimnasio.

Y la invitaba a cenar.

En realidad, sería una cena de negocios, a pesar del beso de la vez anterior. Un error que no se volvería a repetir.

Donna seguía mirándola.

—Cariño, hazme caso, conozco el atractivo de los deportistas profesionales.

Marisa se percató de que ya no hablaban solo de Cole. A las dos las había abandonado, mucho tiempo atrás, un hombre en busca de la fama deportiva, un jugador de béisbol.

—Solo se trata de negocios, de verdad.

Marisa deseaba poder creérselo. Era cierto que Cole y ella se habían besado. Dadas las inusuales circunstancias, su pánico, y la necesidad de que la tranquilizaran y consolaran, tenía una excusa, que no hacía falta que su madre supiera.

Donna suspiró.

—Vamos a terminar de preparar la lasaña y abriré una botella de vino.

—¿De qué se trata, Cole?

—De cenar. ¿De qué, si no? —miró desconcertado a la mujer sentada a su izquierda, la que le ocupaba el pensamiento día y noche. Había elegido el restaurante más elegante de Welsdale y ella le había propuesto que quedaran allí. Él había aceptado, a pesar de que se daba cuenta de que se trataba de un movimiento defensivo por parte de ella, porque aún no sabía el terreno que pisaba con Marisa. Había pedido una botella de Merlot y el camarero ya les había servido el vino.

—Me refiero al subtexto.

—¿Al subtexto? —repitió él mirándola a los ojos. Siempre fuiste una alumna estelar en inglés.

Y tú te pasabas el tiempo en la última fila haciendo el tonto.

—Charlotte Brontë no era lo mío.

—Era la única mujer que no lo era.

—Estaba muerta.

—No creo que eso te hubiera detenido.

—Eso es lo que me gustaba de ti. Que, cuando quieres, dices lo que piensas.

—Soy maestra. Es una estrategia de supervivencia.

—Me caías mejor de lo que crees.

—Algo es algo.

—¿Sigues bajo el efecto de tu confesión del otro día? Resulta cautivador.

Ella frunció el ceño de forma adorable.

—No era es mi intención, pero no me sorprende que te lo tomaras así.

—De verdad que me caías bien.

—Eso es lo que tú dices.

—¿Estás preparada para hablar de lo que pasó en el almacén?

Aparentemente, aquello podía ser una cita, ya que el restaurante, iluminado con velas, invitaba a la intimidad. Cole llevaba el mismo traje que el día de la reunión en su despacho, para estar a tono con el ambiente formal del restaurante.

–Vaya, vas al grano. Es evidente que estamos destinados a encontrarnos en espacios reducidos.

Él sonrió ante el intento de ella de parecer graciosa.

–Inténtalo de nuevo –como no decía nada, él añadió–: Hablaré yo primero. Me pregunto qué viste en mí en la escuela, ya que era un imbécil.

Ella sonrió y fue como si saliera el sol.

–Eso es fácil de responder. Te admiraba. Estabas dispuesto a arriesgarte. En la pista de hielo, lo hacías para ganar. Fuera de ella, con las bromas. Yo era dócil; tú, seguro de ti mismo. Yo pasaba desapercibida; tú eras popular.

–Yo era un imbécil; tú no. Y para lo que me sirvió lo que tú admirabas en mí… Me acabé cayendo, haciéndome daño y quemándome con el hielo.

–Ya sabes que se dice que es mejor intentarlo y fracasar que no intentarlo.

–¿Nunca te has arriesgado a nada?

–Te he reclutado para la fiesta de Pershing. Supongo que me haces ser temeraria.

Antes de que pudieran seguir hablando, llegó el camarero para anotar la comanda. Marisa se decidió por una ensalada.

–No puedes pedir una ensalada. En un sitio como este, es un pecado.

–No lo es. Estoy segura de que todo estará delicioso.

Incluyéndola a ella. Cole sabía que ella había pensado en pedir algo más sustancioso, e iba a decirle que le gustaban sus abundantes curvas, pero se contuvo.

Cuando el camarero se hubo marchado, la conversación se centró en temas intrascendentes, aunque él estaba dispuesto a volver al anterior.

En un momento en que la conversación decayó, dijo:

—Debió de causarte satisfacción ver que me bajaban los humos en la escuela. Al fin y al cabo, tuvimos relaciones sexuales y, después, te evité.

—Me dolió.

—No estaba preparado para enfrentarme a lo sucedido entre nosotros. Eras virgen, y me pillaste desprevenido.

—Éramos jóvenes y estúpidos.

—Los adolescentes cometen errores.

—Debiste de quedarte desagradablemente sorprendido cuando nos emparejaron para hacer una presentación de PowerPoint en la clase de Economía.

—No fue desagradable. No te conocía.

—Yo no era nadie en la escuela. Era invisible, sobre todo para los jugadores del equipo de hockey.

Él negó con la cabeza.

—Cariño, aunque seas maestra, no sabes cómo piensan los varones adolescentes. La única razón de que los jugadores no supieran lo grandes que tenías lo senos era que siempre los escondías tras un montón de libros.

—¿Me los mirabas?

—De reojo. Y no me limitaba a mirarte. ¿Acaso crees que cuando te rozaba durante nuestras sesiones de estudio era por casualidad?

Ella lo miró con los ojos como platos.

—Descubrí que, definitivamente, usabas una talla grande de sujetador.

–¡Soy algo más que eso!

Él le puso la mano sobre la suya, acariciándosela con el pulgar.

–Tienes razón. Conocí a la persona que había más allá de la fantasía de un adolescente, y me asustaste mucho.

–¿Ah, sí?

Él asintió.

–Cuando me emparejaron contigo en la clase de Economía, estaba algo intrigado y bastante aburrido. Pero, cuando me acerqué a ti, se me dispararon las hormonas. Tras unas cuantas sesiones de estudio mirándote a los ojos, estaba perdido. Eras agradable, inteligente e interesante.

–Yo me encapriché de ti antes de que nos encargaran el trabajo. Solo me hizo falta algún contacto ocasional para quedarme colgada.

–Yo no necesité pensármelo mucho para dejar los libros con el fin de acercarme más a ti –habían pasado de besarse a hacer algo más la vez siguiente. Y, al cabo de varios encuentros, habían tenido relaciones íntimas.

–Pero seguro que fui la primera chica que hizo que te interesaras por el departamento de *atrezzo* teatral.

–Nunca olvidaré aquel sofá de terciopelo.

Marisa trabajaba a tiempo parcial limpiando la escuela, por lo que tenía acceso a todo tipo de llaves.

–Sigue estando allí.

–Entonces tendrás que hacerme una visita guiada cuando vaya a la escuela.

Ella no mordió el cebo, por lo que él retiró la mano.

–Me deseabas tanto como yo a ti, así que me sorprendió que fuera tu primera vez. ¿Por qué lo hiciste?

Ella se encogió de hombros.

–Estaba deseosa de afecto y atención.

–Eras virgen. Me había encaprichado de ti y tú veías en mí algo más que el deportista y el bromista. Era demasiado para mí, por lo que hice lo lógico en un chico de dieciocho años: te evité.

–Lo recuerdo –dijo ella en tono seco.

–Fuiste la primea mujer que se me insinuó.

–Pero no la última.

–Que se le insinúen a un deportista profesional se da por sentado. Pero ya no soy jugador de hockey. Ahora soy consejero delegado... y el caballero de brillante armadura de la escuela Pershing.

El camarero llegó con la comida, por lo que la conversación cesó hasta que les dejó los platos. Después empezaron a comer; ella, su ensalada, y él, un solomillo con patatas.

Marisa dio un sorbo de vino.

–Has dicho que eres el caballero de brillante armadura de la escuela. Se me ha ocurrido otro modo de que brilles.

Él la miró y Marisa carraspeó.

–Tengo alumnos a los que les gustaría visitar el estadio de los Razors, como parte de la semana en que les mostramos distintas profesiones.

–No dejas de pedirme cosas –dijo él sonriendo.

–Como parece que últimamente estás más accesible, no tengo nada que perder.

–No soy barato.

–Lo sé. La vez anterior conseguiste un contrato de construcción.

Él asintió. Desde lo sucedido en el almacén, no había dejado de pensar en volver a tener el rostro de ella entre sus manos e introducirle los dedos en el cabello. Estaba seguro de que sería espectacular, además de erótico, ver sus largos y ondulados mechones extendidos sobre una almohada.

–¿Qué va a ser esta vez? –preguntó ella.

A Cole se le ocurrían muchas cosas.

–Que me contestes a una pregunta. Me pica la curiosidad.

–¿Eso es todo? –preguntó ella, sorprendida primero y luego recelosa.

–Aún no sabes cuál es la pregunta.

–Muy bien.

–¿Por qué Sal? Hay muchos hombres igualmente aburridos y dignos de confianza.

–Se presentó en el momento oportuno.

–Sé la importancia que tiene ser oportuno.

–Sí. Nosotros nunca lo fuimos.

–¿Y Sal sí?

–En parte. Mi madre se acababa de casar…

–¿Y Sal estaba disponible cuando te sentías vulnerable?

–Más o menos.

–Entiendo lo que es la responsabilidad familiar, Marisa. Que tu madre se casara te liberaba y tal vez te dejaba a la deriva.

Ella se sorprendió de su perspicacia. Él también lo estaba. ¿De dónde procedía esa psicología barata? ¿De la historia latente de su propia familia, que salía a la superficie?

–Supongo que quería que mi madre dejara de preocuparse por mí, una vez casada.

–Así que Sal apareció justo a tiempo.

–También es encantador cuando quiere.

–Como lo son los vendedores de coches –bromeó él–. ¿Así que utilizó su encanto…?

–Estaba allí y era el tipo de persona que buscaba.

–¿Tienes un tipo? Creía que tu tipo era un bromista de la escuela secundaria.

Ella negó con la cabeza.

–Lo que quería era casarme con alguien que no fuera como mi padre.

–¿Lo conociste? –no recordaba que Marisa le hubiera hablado de él, salvo para decirle que hacía mucho que había muerto.

–No, murió antes de nacer yo, pero siempre creí que mis padres tenían la intención de casarse. A los veinte años me enteré de que no era así.

Cole no dijo nada y esperó a que siguiera hablando.

–Mi madre me dijo, por fin, que mi padre había roto con ella antes de tener el accidente de coche.

–Entonces, ¿nunca has tenido relación con tu familia por parte de padre?

–Así es. El único familiar de mi padre era mi abuelo, que vivía en la Costa Oeste. Mi padre quería ser jugador de béisbol, y una esposa y un bebé no entraban en sus planes. Tenía grandes sueños y ansias de conocer el mundo.

–Así que creíste que Sal era tu hombre porque no deseaba lo mismo.

–Creí que era el hombre adecuado para mí, pero me equivoqué.

Cole se dio cuenta de repente de que Marisa Había pensado que Sal nunca la dejaría. No era deportista profesional, por lo que su prioridad no sería su carrera: es decir, Sal no era como su padre ni como Cole, que se había marchado de Welsdale a la primera oportunidad para jugar al hockey.

Mientras Marisa desviaba la conversación hacia la programación de la visita de los alumnos al estadio de los Razors y de una nueva reunión en Serenghetti Construction para ver planos antiguos, Cole se percató de una cosa.

Había tenido su oportunidad con Marisa a los dieciocho años, pero, ahora, ella buscaba a alguien distinto.

Capítulo Seis

Marisa nunca había estado en el estadio de los New England Razors, situado fuera de Springfield. Pensaba que acudir a un partido sería una dolorosa vuelta al pasado, en lo referente a Cole. Los partidos se televisaban, pero podía soportar, en mayor o menor medida, el poder de Cole sobre sus recuerdos cuando se limitaba a verlo durante unos segundos en la pantalla y en un restaurante u otro lugar público.

En aquel momento, sin embargo, recibía todo su impacto, ya que se hallaba a unos metros hablando con un grupo de alumnos de Pershing. Llevaba unos vaqueros descoloridos y una sudadera negra. Ella era sensible a cada uno de sus movimientos y le resultaba difícil negar que se trataba de atracción sexual.

—Mirad —dijo Cole a los niños, colocados en semicírculo en la puerta principal— primero vamos a hacer una visita al estadio y luego patinaremos sobre hielo. ¿Qué os parece?

Algunos sonrieron y otros asintieron.

—¿Cuántos queréis ser jugadores de hockey profesionales?

Unas cuantas manos se levantaron. Marisa comprobó con satisfacción que tres niñas la habían levantado.

Uno de los alumnos preguntó a Cole:

—¿Te sigue molestando la lesión?

Marisa contuvo el aliento.

—Es importante llevar equipo protector. Se producen lesiones, pero no son habituales, sobre todo las graves.

Los niños no dijeron nada.

—En mi caso, me fracturé dos veces la rodilla, y en ambos casos me operaron y tuve que hacer rehabilitación. Después de la segunda vez, volví a andar sin problemas, pero no podía jugar al hockey de manera profesional. Ya tenía más de treinta años y había vivido grandes temporadas con el equipo. Me esperaba otra profesión.

—Así que ahora te dedicas a la construcción —dijo uno de los alumnos.

Cole se echó a reír.

—Sí, pero, como consejero delegado de la empresa, paso más tiempo en el despacho que en las obras. Me aseguro de que no nos salgamos del presupuesto y de repartir los recursos correctamente entre los diversos proyectos —miró a Marisa de reojo—. A veces me dedico a otras cosas.

Marisa se sonrojó, a pesar de que era la única que sabía a qué se refería Cole.

Unos días antes, Cole y ella se habían reunido en las oficinas de la empresa para revisar los planos de antiguos proyectos. Cuando ella llegó, Cole ya tenía preparados los planos en el salón de juntas y ella obtuvo información suficiente para comunicarle al señor Dobson que no habría sorpresas.

Por suerte, no habían tenido la oportunidad de hablar de lo sucedido en el almacén. Cada vez que

Cole parecía que iba a sacar el tema, los interrumpía una llamada telefónica o un empleado.

Cole miró al grupo que tenía delante.

–Hoy os voy a mostrar campos profesionales relacionados con el hockey en los que no habréis pensado. Hay jugadores en la pista de hielo, desde luego, a la vista de todos durante un partido. Sus nombres salen en las noticias. Pero, detrás de ellos, hay un grupo de personas que hacen que el hockey profesional sea posible.

–¿Como quién? –preguntaron dos niños a la vez.

–Os voy a llevar a la cabina de retransmisión, por si a alguno le interesa el periodismo deportivo. También pasaremos por las oficinas de la dirección, para hablar de mercadotecnia. Después bajaremos a los vestuarios, donde el personal sanitario hace su trabajo. ¿Os parece bien?

Los niños asintieron.

–Antes nos detendremos en la zona en construcción.

–¿Así te relacionas ahora con tu antiguo deporte?

–Sí –contestó Cole sonriendo–. Estamos pavimentando el exterior del estadio.

Marisa pensó que Cole poseía un don natural para conectar con los niños. A ella le costaba. Había cosas que nunca cambiarían.

Cole le guiñó el ojo.

–Y si os portáis bien, es posible que aparezca Jordan Serenghetti, que está llevando a cabo una temporada sensacional con los Razors. Pero, en mi opinión, todavía le va mucho mejor siendo mi hermano pequeño.

Todos rieron.

Cole les hizo una visita guiada por el estadio antes de llevarlos a la pista de hielo.

Mientras los niños se ponían los patines, Marisa oyó que dos de los niños hablaban de ella con Cole y le decían que era una fantástica cocinera. Ella se sonrojó.

Salió la última a la pista. Llevaba tiempo sin patinar. Se dio cuenta de que Cole la miraba mientras los demás daban vueltas a la pista.

—No sabía cómo patinarías —dijo él.

Ella continuó patinando despacio, a escasos metros de él.

—Fui a clase de patinaje sobre hielo. Estamos en Nueva Inglaterra. Todo el mundo da por sentado que sabes mantenerte derecho sobre unos patines.

Para confirmar sus palabras, dio varios saltos con giro.

—Parece que aprendiste a algo más que a mantenerte derecha. ¿Dónde aprendiste?

—En el centro recreativo de las afueras de Welsdale. Abrió cuando era una niña, y las clases eran gratuitas.

—Lo sé. Lo construyó mi padre.

Ella se echó a reír.

—Debía habérmelo figurado.

—¿Cuándo pasaste de ser una estrella del patinaje en ciernes a una maestra de primera?

—No teníamos dinero para que me dedicara seriamente al deporte, lo que habría supuesto clases, ropa y gastos de viaje. Cuando me aceptaron en Pershing, me centré en obtener buenas calificaciones para no perder la beca.

Se puso tensa al pronunciar la palabra «beca», ya que era el tema peligroso entre ellos por excelencia. De todos modos, Cole había conseguido jugar en la Liga Nacional de Hockey y ella había recibido una beca para estudiar en la universidad y dedicarse a la enseñanza, una profesión bonita y estable, que no le iba a proporcionar ni oropeles ni gloria. Él había hecho realidad su sueños; ella no.

–De niño, me matriculé en clases de patinaje artístico...

Ella se echó a reír porque no se lo imaginaba bailando el vals ni sobre hielo ni fuera de él. Era demasiado grande y masculino.

–Pero no se me daba bien.

Marisa se mordió la lengua para moderar su expresión.

–Mi madre estaba decidida a que sus hijos fueran unos caballeros –añadió Cole.

«Y, en su lugar, le salieron unos bromistas», pensó ella.

–¿Te parece gracioso?

Ella asintió sin atreverse a hablar.

–Te lo voy a demostrar. Recuerdo un par de cosas.

–¿Qué?

–Estamos aquí para enseñar a estos niños profesiones relacionadas con el hockey.

–¿Como patinaje artístico?

En vez de responder, la agarró de la mano y le pasó la otra por la cintura, de modo que quedaron frente a frente, en posición de baile.

–¿Qué haces? –preguntó ella, sorprendida y sin aliento por su proximidad.

–Te voy a demostrar que recuerdo algunas cosas. Espero que tú también recuerdes los movimientos, cielo.

El brazo que le rodeaba la cintura era puro músculo. Cole se entrenaba, y se notaba. Marisa se puso nerviosa, así que mantuvo la vista a la altura de la boca masculina, a pesar de que esta tenía el poder suficiente para causarle estragos en el corazón.

Patinaron representando bastante bien que bailaban juntos.

Cuando ella levantó más la vista, concluyó que seguía siendo increíblemente guapo. Tenía un cabello espeso y alborotado que invitaba a introducir los dedos en él. La mandíbula era firme y cuadrada, con un principio de barba; los labios, firmes y sensuales. Y la cicatriz le daba personalidad y producía ternura. Él era un catálogo de atractivos contrastes, un imán mayor para una mujer que Jordan. Ella bajó los ojos. «Pero no para mí», se dijo.

–¿Estás preparada para dar un salto?

–¿Qué? Creí que solo íbamos a bailar. ¿Y tu rodilla?

–No podría resistir los golpes repetidos de un defensa que pese más de cien kilos, pero creo que tú no pesas tanto.

–¡No voy a decirte cuánto peso!

–Claro que no. Vamos allá, princesa de hielo. ¿Probamos?

Comenzaron a girar sobre sí mismos y él la levantó del suelo y la lanzó suavemente al aire. Ella cayó sobre el pie derecho y extendió hacia atrás la pierna izquierda.

Cole sonrió y los niños a su alrededor se rieron y aplaudieron.

—Me has dejado impresionado, cielo —dijo él.

Ella se echó a reír.

—¿Me ves compitiendo en las olimpiadas? —preguntó ella señalándose los grandes senos—. Tendría que vendármelos.

Cole se detuvo frente a ella.

—Sería una pena.

Los alumnos se deslizaban alrededor de ellos. Jordan apareció y se produjeron algunos gritos ahogados. No era el momento ni el lugar para que Cole y ella se lanzaran indirectas de carácter sexual.

—Tranquila —dijo él—. Ya nadie nos presta atención.

A ella le cosquilleaba el cuerpo por la necesidad de volver a tocarlo.

—Cole Serenghetti, eras demasiado guay para la escuela.

—Si hubieras sido tú la profesora, me hubiera pegado el trasero con pegamento a un pupitre de la primera fila.

—Eso lo dices ahora.

—Era un adolescente bisoño que no entendía por lo que estabas pasando.

—¿Bisoño? ¿Tratas de impresionar a tu profesora con tu vocabulario?

Él bajó la cabeza hasta que sus labios estuvieron a unos centímetros de los de ella.

—¿Y lo estoy consiguiendo?

—Sí. Si continúas así, tal vez saques un sobresaliente.

Era lo que le solía decir a sus alumnos: «No desfallezcas, trabaja y obtendrás resultados...». Era la moral de su propia vida, salvo la de su vida amorosa.

Los ojos de Cole brillaron mientras levantaba la cabeza. Murmuró:

—Nunca me han importado las calificaciones.

Ella no quiso preguntarle qué le importaba. Se daba cuenta, a su pesar, de que podría volver a tener una relación con él, aunque no era lo que le convenía.

Cole se giró en el taburete del bar y volvió a mirar hacia la entrada.

Esa vez vio a Marisa, que se dirigía hacia él. Llevaba unos vaqueros que se ajustaban a sus curvas y un jersey verde. Iba poco maquillada, y era difícil saber si se balanceaban más sus rizos o sus senos.

Cole sintió que se le endurecía la entrepierna.

No estaba seguro de que ella fuera a aparecer. Él le había mandado un mensaje poco claro.

Quedamos en el Puck & Shoot. Tengo un plan que quiero explicarte.

Desde que había cumplido su palabra de ofrecer a los alumnos de Pershing una visita al estadio de los Razors, estaba desesperado por hallar una excusa para volver a verla.

Marisa se detuvo frente a él.

—Se dice que las mujeres se te insinúan en los bares.

–¿Vas a hacerlo?

–En vez de eso, ¿qué te parece que nos tomemos algo?

–Por algo se empieza –él se levantó y la distancia entre ambos se acortó–. ¿Qué quieres tomar?

–Una cerveza sin alcohol.

Cole reprimió una sonrisa.

–¿Eres un peso ligero?

–Solo en los bares, no en el cuadrilátero.

–Lo sé –en el gimnasio había puesto firmes a unos cuantos hombres simplemente con un vestido. Y, a pesar de su traición en la escuela, Cole admitía sin reservas que era una mujer muy hermosa.

Hizo una seña al camarero y pidió las bebidas.

–Es la primera vez que vengo a este bar –dijo ella mirando a su alrededor.

–Me habías dicho que aquí te enteraste de que me encontrarías en el gimnasio de boxeo Jimmy's.

–No me enteré personalmente. Mi prima Serafina trabaja aquí de camarera y se lo oyó decir a unos jugadores de los Razors.

–¿Como esos de ahí? –Cole los señaló con la barbilla–. ¿Esos que se estarán preguntando qué clase de relación tenemos?

Marisa miró hacia atrás.

–Probablemente, pero no hay entre nosotros la relación que ellos creen.

Él se llevó el dedo a los labios.

–Calla. Me gusta que se pregunten por qué una hermosa mujer no se ha fijado en ellos y se ha dirigido a mí, en su lugar.

–¡Has sido tú quien me ha pedido que viniera!

–Pero eso no lo saben, cielo –le apartó un me-

chón del rostro y volvió a recordar lo suave que
tenía la piel.

—Creo que a Serafina no le gustan mucho los
Razors.

Él le miró la boca.

—Pueden comportarse como una panda de li-
bertinos.

—¿Tú incluido?

—Dejaré que juzgues por ti misma.

La deseaba. En aquel mismo momento. Había
vuelto a soñar con ella la noche anterior y había sido
el sueño más ardiente de todos.

—Jordan no es el único bromista de la familia.

Él le dio la cerveza que acababan de dejar en la
barra y observó cómo se llevaba a la boca el largo
cuello de la botella y le daba un trago.

—¿Dónde está Serafina?

Marisa bajó la botella.

—Esta noche no trabaja. Y está a punto de dejar
este empleo por otro mejor.

—Si ella hubiera estado trabajando, ¿habrías venido?

—Tal vez.

—O tal vez no —dijo él sonriendo.

Le parecido una buena señal que Marisa qui-
siera ser discreta sobre sus encuentros, porque significaba que le importaba lo que la gente pensara
de ellos, como que había algo entre los dos. Y lo
había, tanto si Marisa lo reconocía como si no. De
todos modos, a ella le asustaba la atracción sexual
que seguía existiendo entre ambos, por lo que tenía que ser precavido.

Estaba deseando explorar lo que habían dejado

a medias en la escuela. No había razón alguna para no pasárselo bien.

—¿Para qué querías verme? —preguntó ella.

Como no iba a contarle lo que estaba pensando, se apoyó en el taburete que había detrás de él y le indicó el que había a su lado.

—Siéntate.

—Gracias, pero estoy bien así.

«Definitivamente, estaba asustada», pensó él. De todas maneras, la superaba en altura, incluso estando apoyado, lo que le daba ventaja. Había llegado el momento de mostrarle sus cartas.

—He visto que a algunos de los alumnos de la visita les interesa el hockey. Me gustaría hacerles algunas sugerencias.

La propuesta era, desde luego, una excusa para que volvieran a verse.

Marisa tardó unos segundos en contestar, y lo hizo con expresión resuelta.

—No quiero que les hagas sugerencias, sino que les des clases prácticas.

La había subestimado.

—Hacerles sugerencias es una cosa y otra muy distinta darles clases prácticas. Las sesiones de entrenamiento implican elaborar planes de práctica y disponer de un sitio para jugar. Además, hay que dedicarle mucho tiempo.

—Pero eres capaz de hacerlo —dijo ella animándolo.

—Si te parece, empezaré a entrenar de manera informal a un pequeño grupo.

Ella asintió y sonrió.

—Entonces, estamos de acuerdo. Vamos a hablar de lo que dirás en la fiesta para recaudar fondos.

Marisa no le daba tregua.

–Si buscas en Internet encontrarás antiguos discursos míos: el que hice en Boston sobre esforzarse y hacer realidad tus sueños; las anécdota divertidas sobre mi primer año en la Liga Nacional de Hockey...

–Tendrás que decir algo elogioso de Pershing.

–¿Sobre el tiempo que estuve allí? ¿Qué digo sobre mi expulsión temporal o sobre el episodio en el sofá de audiciones del departamento de atrezzo teatral?

–Creí que había quedado claro que no hice que te expulsaran para vengarme.

–No, pero sigo creyendo que se trata de un hecho destacado de mis años escolares. ¿Cómo voy a hablar del tiempo que pasé en Pershing sin referirme a eso?

–Habla solo de deportes y de la vida académica. Y en ese sofá no se hacían pruebas de reparto. No eras un joven actor que tuviera que lucirse en aras de su carrera.

–No –dijo él sonriendo–, pero me hiciste una prueba para el papel de compañero de estudio con prestaciones. ¿Cómo lo hice?

–Podías haberlo hecho mejor.

–Ahora puedo hacerlo, cielo. ¿Quieres averiguar cuánto mejor? –le gustaba provocarla y era incapaz de evitarlo.

Ella apartó la vista de él y, de repente, se quedó mirando algo fijamente. Abrió mucho los ojos por la sorpresa.

Volvió a mirarlo y se sonrojó.

Antes de que él pudiera reaccionar, se inclinó hacia delante, le tomó el rostro entre las manos y apretó sus labios contra los de él.

«¿Pero qué...?». Fue lo último que pensó Cole antes de quedarse inmóvil.

Los labios de ella eran suaves y carnosos y tenían un sabor dulce. Él abrió los suyos y la atrajo hacia sí.

Ella se deslizó en el hueco que había entre sus piernas y le rodeó el cuello con las manos.

Él le acarició los labios con los suyos y la besó con mayor profundidad. Sus lenguas se encontraron y ella gimió.

El ruido del bar desapareció. Para él solo existía la mujer que tenía entre sus brazos. La abrazó más estrechamente hasta que sus senos se apretaron contra su cuerpo.

—¡Qué sorpresa! —dijo alguien detrás de ellos. Marisa se separó de él. Cole percibió su mirada sobresaltada y culpable. Se enderezó y vio a Sal Piazza, que los contemplaba con expresión jovial. Vicky iba de su brazo. Parecía en estado de shock.

Cole miró a Marisa y lo entendió todo. Adoptó una expresión insulsa.

Sal le tendió la mano.

—No esperaba verte por aquí, Cole.

—Hola —dijo este.

Sal bajó la mano y su mirada se desplazó de Cole a Marisa.

—Estáis juntos.

Era una sencilla afirmación, pero denotaba mucha curiosidad.

Cole notó que Marisa se ponía tensa y supo que solo podía hace una cosa. Le pasó el brazo por la cintura antes de responder.

–Sí, pero no lo sabe mucha gente.

En realidad, hasta hacía unos segundos solo eran dos personas hablando. Pero ese beso que no sabía de dónde había salido le había causado una conmoción aún más fuerte que la del almacén.

Sal carraspeó.

–Marisa y yo no nos hemos visto desde que rompimos.

–Pueden pasar muchas cosas después de una ruptura –afirmó Cole, dando a entender que Marisa y él habían comenzado a salir al mismo tiempo que Sal y ella rompían.

Sal parecía ofendido. Esbozó una sonrisa sardónica.

–Bueno, yo…

–Enhorabuena –intervino Vicki.

Marisa le sonrió.

–Gracias. De verdad que aún no hemos hablado de nuestra relación con mucha gente.

Cole se mantuvo impasible. Cuando acabara aquello, le preguntaría sobre aquel beso. ¿Solo se lo había dado porque había visto a Sal y a Vicki?

–Me parece que se ha producido un cambio de parejas –dijo Sal riendo forzadamente.

Vicki miró a Marisa con los ojos entrecerrados.

–Ten cuidado. No es de los que se compromete.

–¿Cuál de los dos? –bromeó Marisa.

–Hemos venido a cenar –dijo Sal–. Me alegro de veros.

Sin mirar atrás, Sal y Vicki se dirigieron al comedor del atestado bar.

Marisa se liberó del brazo de Cole.

—No me haría ninguna gracia enfrentarme a ti en el cuadrilátero —dijo él.

—Ya lo has hecho.

—Sí, pero entonces estaba Jordan para protegerme.

Marisa apretó los labios.

—Muy interesante lo que acaba de pasar —comentó él.

—¿Quién se iba a imaginar que Sal y Vicki vendrían?

—Puesto que es un bar de deportistas y él es un agente deportivo, no es tan descabellado. Además, no me refería a eso.

—Al verlos, me ha parecido buena idea.

—Dudo que lo hayas hecho de manera consciente; más bien, has reaccionado.

—Que pareciera que éramos pareja era la respuesta más corta a la pregunta de qué hacíamos juntos en un bar.

—¿Y decir la verdad?

—No hubiera sido tan satisfactorio.

—Estoy de acuerdo.

No habían dejado de mirarse. Ella estaba a unos centímetros de él e irradiaba energía femenina de forma palpable.

—Lo van a contar. Es una noticia que no se van a callar.

—Lo sé —afirmó ella con preocupación—. Dejaremos que la gente hable hasta que los rumores se apaguen con el tiempo.

–No será tan satisfactorio.

–¿Como qué? –preguntó ella, sin entender.

–Como aparentar que realmente somos una pareja.

–¿Qué? –casi gritó ella.

–Cuando esos dos se vayan de la lengua, tendremos que prolongar la farsa para no empañar nuestra reputación.

–Pero te acabo de decir que las habladurías acabarán por desaparecer.

–Pero no con la rapidez suficiente. La gente llegará a la conclusión de que intentábamos recuperar a nuestras exparejas.

–Muy bien, prolongaremos la farsa solo hasta la fiesta para recaudar fondos. Eso será suficiente para que dejemos de ser tema de conversación.

Él creía que se engañaba, pero no dijo nada.

–Sal debe de significar algo para ti, ya que has montado esa escena.

Cole se dijo que no estaba celoso, sino que solo le picaba la curiosidad.

–No, tiene más que ver con el hecho de que te dejen por alguien que parecía mejor que tú.

–¿Vicki?

–Me parece increíble que salieras con ella.

–Oye, que fuiste tú la que estuviste a punto de casarte con… –indicó con el pulgar el comedor del bar– eso.

–El pronombre correcto es «él». Con él –respondió ella–. ¿Por qué los deportistas salen con mujeres como ella?

–Porque podemos –contestó él sonriendo.

Agarró la botella y dio un trago.

–Después de ese beso, creo que podemos decir que tenemos una relación.

Ella lo miró con los ojos muy abiertos mientras asimilaba sus palabras.

Y Cole pensó que las cosas se iban a poner más interesantes porque ella le había dado una excusa fantástica para continuar viéndola.

Capítulo Siete

Estaba en el paraíso.

Una mujer hermosa le acababa de abrir la puerta de su piso, del que salían deliciosos aromas.

Marisa, sin embargo, parecía muy sorprendida de verlo.

—¿Qué haces aquí?

Llevaba una camiseta blanca y un delantal rojo y blanco con un montón de volantes. Tenía las piernas desnudas y llevaba unas ridículas pantuflas con plumas.

Se excitó al verla.

Lo seguía mirando. No iba maquillada y tenía un aspecto fresco e informal.

—¿Qué haces aquí? —repitió.

—¿Es esa forma de recibir a tu nuevo amor?

—¡Los dos sabemos que es mentira!

—Es verdad, pero temporalmente.

Ella no pareció muy convencida.

Desde que se habían visto en el bar al final de la semana anterior, él había estado buscando la forma de volver verla y había decidido que una aproximación directa era la mejor opción.

—La gente espera que me pase a ver a mi novia —enarcó una ceja y añadió—: Y que sepa cómo es su casa.

—Nuestra relación es falsa.

–Pues todos creen que es real.

–Nosotros dos somos los únicos que importamos.

–¿Te pareció real el beso que nos dimos en el bar? –no sabía hasta dónde había llegado la noticia. Su familia aún no lo había llamado para hacerle preguntas, pero, antes o después, comenzarían las habladurías. Sal y Vicki no habían sido los únicos testigos del beso en el Puck & Shoot.

–¿No deberías sentirte insultado porque yo te haya usado para mis propios fines?

Él se encogió de hombros.

–No me siento tratado como un objeto. Si una mujer hermosa se lanza sobre mí, no voy a ponerme a discutir con ella.

–No me sorprende que no lo hicieras.

Él sonrió al tiempo que se daba cuenta de que ella lo examinaba de arriba abajo y se fijaba en los vaqueros descoloridos, la camiseta marrón y la ligera chaqueta que llevaba.

–Eres insistente.

–¿Y funciona?

Suspirando, Marisa se echó a un lado para dejarlo pasar. Cerró la puerta tras él y se atusó el cabello, que llevaba recogido en un moño mal hecho, del que caían varios mechones.

Había un gran espejo detrás de ella, por lo que él la veía toda entera. Tuvo ganas de soltarle el cabello. Debajo del delantal llevaba unos pantalones cortos negros que se ajustaban a sus redondas nalgas.

–Parece que estabas haciendo ejercicio o que ibas a hacerlo.

Él había ido a correr por la mañana temprano, pero parecía que ella prefería ejercitarse una vez acabada la jornada laboral.

Ella parecía incómoda.

—Estoy intentando ponerme en forma.

En su opinión, ella tenía un cuerpo fabuloso, pero, si quería ejercitarlo, él sabía cómo hacerlo en la cama.

—Ven —dijo ella.

Él la siguió por el pasillo.

—Es un edificio de antes de la guerra, así que tiene una disposición tradicional.

—Hay un olor delicioso —solo eran las cuatro y media, pero tal vez a ella le gustara cenar muy temprano.

—Mañana por la noche tenemos las reuniones entre padres y profesores. La escuela normalmente se encarga de la comida, pero me han pedido que lleve mis berenjenas a la *parmigiana.*

Nada más salir del vestíbulo estaba el salón. Después, pasaron por delante de dos dormitorios, pero solo parecía ocupado el segundo. Al final del vestíbulo estaba la cocina, bien iluminada pero antigua. El aroma a comida estimuló las papilas gustativas de Cole. Si ella se hubiera propuesto seducirlo, no podría haberlo hecho mejor.

—No sabía que fueras a venir —dijo ella, como si pensara en voz alta—. Estaba mezclando los ingredientes para hacer magdalenas.

—Ya veo que estás cocinando para otros.

—Bueno, he preparado berenjenas de sobra. ¿Quieres probarlas? Las acabo de sacar del horno.

—Me encantaría —contestó él con sinceridad.

Era uno de sus platos preferidos, pero, desde que se había ido de casa de sus padres, no solía comer comida casera.

Mientras Marisa agarraba una pala de servir, él se fijó en una batidora en uno de los estantes.

–Parece que esa batidora ha conocido tiempos mejores.

–¿Te refieres a Kathy?

–¿Tiene nombre la batidora? –Cole procuró mantener un tono neutro.

–Era de mi abuela. La heredé. Y tiene nombre porque mi abuela me dejó que se lo pusiera cuando tenía seis años.

Él la vio cortar un trozo de las berenjenas. Colgó la chaqueta del respaldo de una silla y se sentó a la mesa. Marisa puso el plato frente a él y le dio un tenedor.

Él tragó saliva ante su delicioso aspecto.

–¿Quieres algo de beber?

Él dudaba que tuviera cerveza.

–Un vaso de agua, gracias.

Mientras Marisa se dirigía a la nevera, él tomó el primer bocado. Fantástico.

Ella volvió con un vaso de agua.

–Es agua del grifo filtrada –dijo en tono de disculpa.

Él agarró una servilleta de papel de un montón que había en la mesa, se limpió la boca y bebió.

Estaba allí para seducirla, pero ella lo estaba cautivando con sus habilidades culinarias. Aquel plato era sublime.

–Marisa, están tan deliciosas que me dan ganan de llorar.

Ella sonrió.

—¿No las preparan en tu casa?

—Creo que estas están aún mejores, pero no se lo digas a mi madre. Está muy orgullosa de cómo cocina —la verdad era que, aunque Camilla Serenghetti utilizaba la comida como cebo para que su hijo fuera a visitarlos, poseía otras cualidades a tener en cuenta.

—Te dejo que acabes de comer. Vuelvo enseguida —dijo ella tocándose el cabello.

—Muy bien.

Cole se terminó el plato saboreando cada bocado. Se levantó y lo dejó, junto con el vaso, en el fregadero, algo que su madre había enseñado a sus hijos.

Después echó una ojeada al piso. Sentía curiosidad por cómo vivía Marisa.

Salió de la cocina y volvió al vestíbulo. La puerta del dormitorio de Marisa estaba cerrada. En un rincón del salón había un escritorio, una librería y un biombo para aislar el rincón del resto de la habitación. También había un sofá y varias mesas pequeñas sólidas, pero cargadas de años.

Desde el punto de vista de un constructor, Marisa había hecho un buen trabajo al arreglar aquel piso anterior a la guerra sin reformarlo.

Se acercó a la librería, en la que había fotos enmarcadas. Una de ellas era de Marisa adolescente, que reía apoyada en la verja de un muelle. Parecía más relajada y libre de preocupaciones de lo que había estado en Pershing.

Examinó los libros que había en uno de los estantes: libros para perder peso, para recuperarse

110

de una infidelidad y otros como *Chicos malos y las mujeres que no deberían necesitarlos*. Parecía dedicado a él personalmente.

Nunca había sabido lo que había detrás de la fachada de Marisa. Le resultaba increíble que pensara que no era sexy. ¿Había pedido una ensalada el día en que cenaron juntos porque hacía dieta para parecer más atractiva? ¿Por eso hacía ejercicio?

¿Y con qué imbécil se había comprometido? Era indudable que el comportamiento de Sal Piazza le habría dañado la autoestima. Pero si pensaba que Sal la había abandonado porque ella no era lo suficientemente sexy, se equivocaba. Si Marisa pudiera echar un vistazo a las fantasías que tenía últimamente, estaba seguro de que dejaría de tener dudas sobre su *sex appeal*.

Al oír un ruido detrás de él se volvió. Marisa entró en el salón con el cabello suelto.

–Tienes una interesante colección de libros.

Marisa lo miró. Parecía incómoda.

–Sal quiere imitar a los deportistas a los que representa– afirmó él sin más preámbulos–. Le gustaría ser como ellos. Por eso quiso cazar a Vicki. No tenía que ver contigo.

–Así que no es nada personal –bromeó ella.

–Los que valen, valen; los que no, son agentes deportivos –respondió él, sin contestarle directamente.

–¿Igual que el dicho de que los que valen, valen; los que no, son profesores? Enseñar es uno de los oficios…

–… más duros del mundo –la interrumpió él–. Lo sé.

Ella suspiró.

–Un agente deportivo y una maestra: Sal y yo estábamos hechos el uno para el otro.

Él se le acercó negando con la cabeza.

–Voy a tener que desintoxicarte.

–No –dijo ella al tiempo que se echaba a un lado–. Vienes a mi casa, te comes mi comida y lees los títulos de mis libros, y sigo sin saber a qué has venido.

–¿Ah, no?

–No.

–Eres una excelente cocinera. Hoy me has dado una muestra. En la pista de hielo lo mencionaron un par de alumnos, el otro día. También comentaron que solías llevar comida preparada por ti a las funciones escolares.

–¿Y tuviste el ardiente deseo de comer unas berenjenas a la *parmigiana*? Todo lo que sé lo aprendí de mi madre.

–Estupendo. Mi madre tiene un programa de cocina en la televisión y siempre busca invitados.

Marisa alzó las manos.

–No me gusta adónde quieres ir a parar.

–Claro que te gusta –Cole sonrió–. Si yo voy a ser la estrella en la fiesta de Pershing, seguro que tú puedes aparecer en un programa de televisión sobre cocina. Sería lo justo.

–Ya tenemos un trato –contraatacó ella–. ¿Quieres que volvamos a negociar ahora? Ya has conseguido el contrato para construir el gimnasio.

–Estoy dispuesto a ofrecerte algo a cambio de tu aparición en el programa.

–¿El qué?

–Ampliaría mi oferta de entrenar de forma informal a un pequeño grupo de alumnos a hacerlo de manera formal a todos aquellos que lo deseen.

Ella lo miró asombrada.

Él estaba dispuesto a entrenar a los niños sin recibir nada a cambio, pero no iba a decírselo. Se le había ocurrido otra forma de verla y a ella le iba a resultar difícil negarse

–Hay que dedicarle mucho tiempo –dijo Marisa–. Necesitaría una buena receta y tendría que prepararme para el programa. En peinarme y maquillarme se tardarían dos o tres horas. Además, la verdadera cocinera de la familia es mi madre.

–Pues haremos que ella también vaya, lo cual disminuirá la presión sobre ti.

–¡No! ¿Cómo hemos llegado hasta aquí? Ni siquiera he accedido a formar parte de ese plan descabellado.

–Regalaremos algo. Un juego de cocina de acero inoxidable de los almacenes Stanhope. Será una buena publicidad para tu madre.

–Ahora estoy muy ocupada con las reuniones de padres y profesores, la fiesta para recaudar fondos y el final del curso escolar. Y tengo que pintar los armarios de la cocina antes de que empiece a hacer calor, porque no tengo aire acondicionado.

A él se le ocurrió otra idea brillante.

–Te ayudaré a pintarlos.

–No hace falta que me ayudes. No eres mi pareja.

–No se trata de eso, sino de un intercambio de favores.

–¿Así es como denominas tu relación con Vicki?

113

Él esbozó una falsa sonrisa,

–Cielo, lo estás pidiendo a gritos. Tienes que desintoxicarte.

–¿Y vas a ser tú quien me cure? –se burló ella–. Es evidente que eres un mujeriego.

–Sí, me gustan las mujeres. Tal vez necesite terapia, pero, de momento, estoy colgado de las profesoras decididas.

–Conozco a un excelente terapeuta –dijo ella con mucha dulzura.

–Y yo tengo una idea mejor para tratar nuestros traumas.

Antes de que ella pudiera contestarle, la tomó en sus brazos y la besó.

Marisa se quedó inmóvil antes de responder al beso. Le rodeó el cuello con las manos y le introdujo los dedos en el cabello. Unos segundos antes luchaba contra su atracción por él; ahora se sentía abrumada por ella.

Él la sostuvo con firmeza mientras le acariciaba la lengua con la suya. Ella se apretó contra él y notó el duro bulto de su excitación. Se le nubló la mente, invadida por un mar de sensaciones.

Cole dejó de besarla y ella gimió. Pero él le deslizó los labios por el cuello para subir después hasta el lóbulo de la oreja. Notar su aliento le produjo escalofríos. El deseo se le fijó en los senos y entre las piernas.

Tiró de Cole para que volviera a besarla. Notó que detrás de ella estaba el brazo del sofá y que podían caer sobre él inclinándose un poco.

Él separó su boca de la de ella.

–Dime que pare ahora porque, si no, esto va a acabar donde yo quiero –le miró el delantal lleno de volantes–.No podría haberme imaginado una prenda más sexy.

–Es para cocinar –protestó ella.

–Entre otras cosas –le puso las manos en la cintura y la besó en el cuello–. No me has dicho que pare.

No podía. Intentó hacerlo, pero no le salían las palabras.

–Eres hermosa, atractiva y sexy. Quiero estar dentro de ti, darnos placer a los dos hasta que no dejes de gritar mi nombre.

Sus palabras la encendieron. Con Sal, las relaciones sexuales eran mecánicas. Nunca le decía…

Cole la agarró por las nalgas y la levantó apretándola contra él.

Ella le tomó el rostro entre las manos y volvió a besarlo.

–Vamos a la cama –dijo él con voz ronca–. Aunque el sofá también serviría.

–Mmm.

Él debió entender que respondía afirmativamente, porque la apoyó en el borde del respaldo del sofá.

Le puso la mano en un seno y se lo apretó y acarició antes de besarla en la garganta y la clavícula.

Le soltó el seno y agarró el borde de la camiseta para quitársela. Ella lo ayudó.

Cole le miró los senos y ella se estremeció. Le daba vergüenza su tamaño.

–Eres aún más hermosa de lo que recordaba.

Bajó la cabeza y atrapó un pezón con la boca, sin quitarle el sujetador, y lo chupó embelesado.

Marisa pensó que no iba a poder soportarlo más. Necesitaba a Cole en aquel preciso momento. Estaba casi a punto de alcanzar el clímax, a pesar de que él solo se había servido de la boca.

Cuando él levantó la cabeza, sopló sobre el seno, lo que hizo que el pezón se le endureciera aún más. Marisa estuvo a punto de desmayarse.

Cole le quitó el sujetador y le tomó uno de los senos con la boca, lamiéndoselo y trazando círculos en torno al pezón con la lengua.

Marisa le empujó la cabeza para que estuviera aún más cerca de sus senos. Sal nunca había prestado tanta atención a su cuerpo. Cole se comportaba como si tuviera todo el tiempo del mundo. Quince años antes, ella había tenido a Cole contra su pecho de la misma manera. Pero ahora era un hombre fuerte, capaz y seguro de sí mismo.

Él pasó al otro seno. Ella echó la cabeza hacia atrás y cerró los ojos. Solo existían Cole y sus caricias, con más intensidad aún que antes, al haber cerrado los ojos.

Él alzó la cabeza.

–¿Qué deseas, Marisa?

–Ya lo sabes –contestó ella abriendo los ojos.

–Quiero que me lo digas.

–A ti. Te deseo a ti.

–Hay cosas que no cambian, cielo –dijo él con expresión satisfecha–. A mí me es imposible dejar de tocarte.

Ella le condujo las manos de nuevo a sus senos.

–Marisa, Marisa… –murmuró él.

Se notaba que a él le gustaba todo lo que veía, lo cual era un bálsamo para el alma de ella. Se sentía como una diosa.

Cole la empujó suavemente y ella se deslizó desde el respaldo hasta los cojines, con las piernas colgando de un brazo del sofá. Las pantuflas cayeron al suelo.

Cole le levantó el delantal y le quitó los pantalones. Le acarició el muslo, antes de apartarle la ropa interior y presionar con el pulgar su zona más íntima mientras le introducía el dedo.

Ella ahogó un grito.

–¿Qué haces?

–¿A ti qué te parece? –murmuró él mientras la apretaba y acariciaba con el pulgar a un ritmo que la excitaba de modo insoportable–. Te voy a dejar sin aliento, cielo.

Ella se entregó a las sensaciones. Al cabo de unos segundos alcanzó al clímax. Fue un orgasmo nacido del deseo prohibido que se había ido gestando durante quince años.

Cuando se calmó pensó que Cole la había satisfecho, pero no se había ocupado de su propia satisfacción. Lo miró a los ojos, que brillaban intensamente.

–Sí –dijo él con voz ronca– va a ser aún mejor que la vez anterior.

Marisa oyó que llamaban a la puerta y se quedó inmóvil. Cole la imitó, lo cual indicaba que también lo había oído.

Se oyó el ruido de una llave al introducirse en la cerradura y abrir la puerta.

Marisa miró a Cole con los ojos como platos antes de levantarse del sofá a toda prisa.

Cole le tiró los pantalones, pero ella solo tuvo tiempo de esconderlos debajo de un cojín y estirarse el delantal.

–¿Marisa? –gritó Serafina–. ¿Hola?

Su prima apareció en la puerta del salón.

–Ah, hola –dijo Serafina.

–Hola, Sera –dijo Marisa esperando que su expresión no la delatara–. No sabía que ibas a pasarte por aquí.

–Me dejé un par de cosas al hacer la mudanza y, como sigo teniendo la llave del piso, pensé que no habría problema si me pasaba de camino al trabajo. He llamado a la puerta.

Parecía que las dos fingiesen que no había un hombre alto y sexy de pie en un rincón del salón.

Marisa miró a Cole, que se había resguardado tras el alto respaldo de un sillón. Ella no tenía semejante protección. Esperaba que el delantal disimulara que solo llevaba puesta la ropa interior.

–Sera, ya conoces a Cole Serenghetti, ¿verdad?

Su prima lo miró.

–Me había parecido que eras tú.

–Encantado de conocer a un familiar de Marisa.

Sera asintió.

–Voy a la cocina a buscar mi licuadora.

–Claro, ve –dijo Marisa–. Creo que la he visto allí.

Cuando su prima hubo salido del salón, Marisa lanzó un suspiro de alivio. Se puso los pantalones cortos evitando mirar a Cole.

–Me marcho. No hace falta que me acompañes a la puerta.

118

–No deberíamos haberlo hecho –le espetó ella. Nada había cambiado. Seguía siendo una conquista fácil para él, como siempre.

–Deshazte de los libros de ese estante. No los necesitas.

Ella lo miró. Era el típico cumplido sencillo y sardónico de Cole.

–Ya te daré los detalles sobre el programa de televisión –Cole volvió a mirarla antes de marcharse.

Momentos después, Marisa oyó que la puerta del piso se abría y cerraba por segunda vez. Se dirigió a la cocina, al encuentro de Serafina, que estaba abriendo y cerrando los armarios.

–Sé que la licuadora tiene que estar por aquí.

–¿Has mirado en el que hay encima de la cocina?

Serafina se volvió a mirarla.

–Parece que ya puedes volver a hacerme compañía.

–Cole ha venido para hablar sobre la fiesta para recaudar fondos y porque su madre busca invitados para su programa de cocina en televisión. Yo estoy intentando que enseñe a jugar al hockey a los niños de la escuela. «Y lo besé en el Puck & Shoot y espero que la noticia no se haya difundido ni que tú te hayas enterado».

Por suerte, como aquella había sido su primera vez en el bar, no había razón para que nadie la reconociera y estableciera su relación con Sera.

–¿Y esa conversación la has tenido sin pantalones?

Marisa se puso colorada.

–Es muy guapo, desde luego, y al menos no tiene la reputación de su hermano de pasar de una mujer a otra como si necesitara difundir su amor.

–Yo…

–Tú necesitas un guardaespaldas. No se puede confiar en ti ni en él. Parece que te ha perdonado por lo de la escuela.

–No es lo que crees. «Es algo fingido».

Era evidente que Sera no sabía que había besado a Cole en el Puck & Shoot, o se lo habría dicho.

–Es obvio que sentís algo el uno por el otro.

–No, de verdad que no –la negativa le pareció débil, incluso a ella.

–¿Quiere que aparezcas en el programa de cocina de su madre? La cosa va en serio.

–No es que me vaya a presentar como un miembro de la familia.

–De todos modos, ten cuidado. Tenéis un pasado complicado.

–Lo sé.

–Estupendo. Pues ya está –Sera lanzó un exagerado suspiro de alivio.

–Solo hay un pequeño problema: fingimos que somos pareja.

Sera la miró con los ojos como platos.

–Eso no es un pequeño problema, sino un…

–En serio, lo estamos fingiendo.

Sera indicó con el pulgar en dirección al salón.

–¿Ahí también estabais fingiendo?

–No, sí… ¡Nuestra relación es falsa!

Le contó a su prima lo sucedido en el bar y que Cole y ella habían acordado no corregir la idea de que eran pareja, al menos hasta que se celebrara la fiesta en Pershing. Al terminar, Sera la miró durante unos segundos con la cabeza ladeada.

—No quiero que te vuelvan a hacer daño.

—Ya no estoy en la secundaria.

—No, pero trabajas en la escuela y Cole ha tenido quince años para afinar su habilidad con las mujeres. Además, reconoce que le hubiera gustado que las cosas hubieran acabado de otro modo entre vosotros dos, en Pershing.

—Le he dicho que no puedo tener una relación con él. Ya conoce la historia de la familia Danieli con los deportistas.

—Si esa es tu excusa, más te vale buscar otra, ya que Cole ya no juega al hockey.

—Sí, pero dirigir el negocio de construcción de la familia solo es una actividad secundaria y temporal.

—Pues tú podrías ser una actividad secundaria y temporal de esa otra actividad. Por eso debes tener cuidado.

—Jordan y tú deberíais jugar al Scrabble. Lo vuestro son los juegos de palabras.

—¿Qué?

—Nada.

Capítulo Ocho

Marisa había hecho cosas difíciles en su vida. De niña había estado a punto de buscar comida en los cubos de basura. Pero conocer a la familia de Cole en el plató del programa, en medio de los rumores sobre su relación de pareja, superaba a marcharse discretamente de un supermercado después de haber robado una docena de huevos a punto de caducar.

Esperaba que Cole tuviera una buena historia para explicar cómo habían empezado a salir.

–Tranquila –dijo Cole pellizcándole la mejilla cuando ella entró en el plató–. Todo va a salir bien.

–Entonces, ¿por qué me dirige Jordan esa mirada de complicidad? –preguntó ella en voz baja indicándole con un gesto de la cabeza a Jordan que ocupaba un asiento donde normalmente se sentaban los espectadores.

Cole se percató de la expresión divertida de su hermano.

–La situación se presta al humor, y lo sabe –frunció el ceño a su hermano, que le respondió saludándolo con la mano–. No te preocupes, la semana que viene le quitaré las ganas de gastar bromas a base de puñetazos en el cuadrilátero.

–Me voy a casa. No puedo hacerlo.

–Claro que puedes –dijo él agarrándola del brazo.

—Cole, preséntamela, por favor.

Marisa se volvió justo cuando Camilla Serenghetti se aproximaba a ellos.

Ya era tarde para marcharse.

Era fácil adivinar que era la madre de Cole, ya que tenían los mismos ojos y el cabello del mismo color. Marisa no había tenido la oportunidad de conocer a los padres de Cole cuando estudiaba en Pershing, aunque los había visto en las gradas, en los partidos de hockey.

—O es de las que perdona y olvida —murmuró Marisa a Cole— o está tan contenta porque tienes una relación conmigo que está dispuesta a pasarlo todo por alto.

—Saca tus propias conclusiones, cielo —dijo él sonriendo.

—Veamos: madre italiana, sin nietos... Elijo la segunda opción.

—No sabe el papel que desempeñaste en mi expulsión temporal —contestó Cole en voz baja—. Desconoce todo lo referente a mi vida durante la adolescencia.

—Así que no sabe que...

—¿Que probamos las propiedades terapéuticas del aquel sofá? No, no lo sabe.

—Pero yo sí, y eso me basta —susurró ella.

«Pobre Camilla», pensó Marisa. Primero, ella había conseguido que expulsaran de la escuela a su hijo; después, lo había arrastrado a una falsa relación con ella. Estaba avergonzada.

—Mamá, te presento a Marisa —dijo Cole sonriendo—. Prepara unas berenjenas a la *parmigiana* que no tienen nada que envidiar a las tuyas.

Marisa respiró hondo.

–Aprendí de mi madre a hacerlas.

Camilla aplaudió.

–Estupendo. Me alegro mucho de que ella también vaya a venir al programa.

–Estará a punto de llegar. Mi madre ve su programa, señora Serenghetti. De hecho, lo hacemos tanto ella como yo.

–Llámame Camilla, por favor. Llevo mucho tiempo tratando de que Cole y Jordan vuelvan a intervenir en el programa.

–¿No quieres volver al programa de tu madre? –preguntó Marisa a Cole.

Había estado una vez al menos, pero ella se lo había perdido. Debía de haber sido uno de los primeros programas, cuando aún no los veía. Debería estar contenta de no haberlo visto, pero se sentía decepcionada.

–Solo puedo dedicarme a salvar a uno de mis progenitores cada vez.

Se refería a la empresa de construcción, claro. Marisa lo entendía porque ella se preocupaba mucho por su madre. Los vínculos familiares unían, pero a veces podían resultar asfixiantes.

–¿Vives en Welsdale, Marisa? –preguntó Camilla.

–Sí, tengo un piso en la calle Chesnut.

–¿Vives sola?

–Mi prima Serafina ha estado viviendo conmigo hasta hace poco.

–Algo es algo –dijo Marisa.

–Mi madre cree que no uno no debe vivir solo –intervino Cole–. Durante mi infancia y adolescen-

cia, nuestros parientes iban a visitarnos y se quedaban muchos días. Se podría decir que mi madre
siempre se ha dedicado al negocio hotelero, incluso después de casarse.

–No seas impertinente, Cole.

–¿Acaso me equivoco?

–Tu prima Allegra y su familia vendrán a visitarnos este otoño.

–No tengo más que decir.

Camilla adoptó una expresión levemente dolida.

–Mis hijos ya no viven con nosotros. Tenemos
sitio.

Marisa no pudo contestarle porque, en ese momento, llegó su madre.

Casale miró a su alrededor y se dirigió adonde
estaban Marisa, Cole y Camilla. Al ver que las sillas
de los espectadores estaban vacías, dijo:

–He llegado demasiado pronto. No hay nadie
todavía. Al menos tendremos los mejores asientos.

–Mamá, no va a haber espectadores –dijo Marisa dando un paso hacia ella, a no ser que se conta-
ra a Jordan, que los miraba con avidez.

Donna pareció no entenderla.

–No vamos a formar parte de la audiencia, sino
que estamos invitadas a intervenir en el programa.
¡Sorpresa!

Jordan soltó una carcajada.

Marisa sonrió con la esperanza de que su madre la imitara. No le había dicho que saldrían en el
programa porque no quería que le hiciera demasiadas preguntas. Además, se figuraba que el factor
sorpresa jugaría a su favor, ya que su madre no tendría la oportunidad de negarse.

–¿Vamos a salir en televisión? –preguntó mirándola con los ojos como platos.

–Sí, ¿no es estupendo? –contestó Marisa tomándola de la mano–. Voy a presentarte a Camilla Serenghetti y sus hijos.

Se hicieron las presentaciones y Marisa se sintió aliviada al ver que todos se tranquilizaban un poco. Su madre parecía contenta ante la perspectiva de salir en un programa que veía.

–¿No le habías dicho a tu madre que iba a convertirse en una estrella? –murmuró Cole a Marisa.

–Para –contestó ella en voz baja.

–Es la primera vez que me pides que pare –la insinuación sexual era inequívoca–. No lo hiciste en el almacén ni en el bar ni, ahora que lo pienso, en tu piso.

–¡Cómo disfrutas! –murmuró ella.

–Hay un montón de cosas de las que disfruto... contigo.

Por suerte, las madres de ambos hablaban animadamente. Marisa sintió calor al recordar lo que habían hecho en el sofá del piso, el sofá número 2, para no confundirlo con el número 1, el de Pershing.

Y Cole parecía dispuesto a volver a repetirlo, pero ella no iba a profanar el sofá del plató de televisión en que su madre aparecería, por muy frustrado que se quedara él.

Camilla y su madre hablaban sobre qué preparar en le programa: una *tiella* o un *calzone di cipolla*. Tanto el guiso de mejillones con patatas como la pizza de cebolla eran de Puglia, la región italiana de los antepasados de Marisa.

–El *calzone* es una receta navideña tradicional –dijo Donna–, como el pudin de ciruelas en Inglaterra. Y como este programa se emitirá en primavera, creo que será mejor la *tiella*.

Marisa había dicho a su madre que se llevara un par de recetas ese día y habían hablado de ellas. Le había contado la piadosa mentira de que habría un sorteo entre los espectadores que llevaran una receta.

–Donna, *cara, siamo d'accordo* –exclamó la madre de Cole, entusiasmada–. Eres perfecta para el programa. Tú y la *bellisima* Marisa.

Marisa notó que Cole se inclinaba hacia ella.

–Me sorprende que no te sugiera que te tiñas de rubio, como las azafatas de la televisión italiana.

–¡Esto no es un programa italiano, Cole! –su madre lo había oído–. Tengo el cabello castaño y hablo inglés.

–Algunos dirían que lo segundo es discutible.

–¡Uy! Cole se va a quedar sin las cenas de lasaña –dijo Jordan desde su asiento.

–¿Qué haces aquí exactamente? –le espetó Cole.

–Soy la distensión cómica –contestó Jordan sonriendo de oreja a oreja–. Y mamá me ha invitado. ¿No hay palomitas?

Cole dejó de prestarle atención y se volvió hacia Marisa y su madre.

–Lo que mi madre quiere decir, señora Casale, es que tiene usted personalidad para salir en televisión.

–Estoy muy contenta de que vayamos a hacerlo –afirmó Donna con entusiasmo–. A Marisa le encanta cocinar desde que era una niña.

–A Cole le encanta comer –observó Camilla.

–Marisa nació prematuramente, así que me pasé los primeros meses procurando que ganara peso.

–Mamá, no vuelvas a contar esa historia –su madre tenía la desgraciada costumbre de narrarla en público.

–Cole pesó cuatro kilos y medio. Fue un parto duro –afirmó Camilla.

–Tu madre es muy divertida –murmuró Marisa a Cole.

–Sí, es una fuerza de la naturaleza. Perfecta para la televisión.

–Marisa, *bella*, vendrás a la fiesta dentro de dos semanas, ¿verdad? –le preguntó Camilla.

«¿Qué fiesta?», se preguntó Marisa.

–Sí –fue la única respuesta que pudo dar con tres pares de ojos de la familia Serenghetti fijos en ella.

–Ya se lo he preguntado a tu madre, pero ese día va a una boda.

–Se casa la hija de un primo de Ted –explicó Donna.

–Es verdad –dijo Marisa. Se le había olvidado.

–*Grazie per l'invito*, Camilla –dijo Donna–. Otra vez será.

–¿Tu madre habla italiano? –preguntó Cole.

–Se crio en un hogar donde se hablaba italiano.

–Cole sabe italiano –intervino Camilla–. Cuando era pequeño, fuimos muchas veces de vacaciones a Italia. ¿Hablas italiano, Marisa?

–*Abbastanza.*

Camilla aplaudió y lanzó una mirada a su hijo mayor.

—Estupendo.

Marisa hubiera jurado que con esa mirada le había dicho que era perfecta.

Los productores del programa llegaron en ese momento y la conversación se desvió a otros temas. Una vez establecidos los detalles de su aparición en el programa, Marisa se dirigió a la salida.

Cole se interpuso entre ella y la puerta.

—¿Qué haces este fin de semana?

—¿Por qué lo preguntas? —ni Jordan ni sus madres podían oírlos ya.

—Porque este fin de semana voy a tener la primera reunión sobre el entrenamiento de hockey del que habíamos hablado. Pero preferiría no pasarme el resto del tiempo rodeado de adolescentes.

—Nunca llegarías a ser profesor.

—Creo que eso ya lo habíamos dejado claro. Pero pensaba que tú estarías enseñando Economía.

—Después de acabar la escuela secundaria, me di cuenta de que no la entendía.

—Pues a mí me parecía que ibas bien.

—Claro, como si estuvieras en disposición de juzgarlo.

—Entonces, ambos estábamos distraídos —afirmó él sonriendo— pero no voy a disculparme por haber sido una importante distracción para ti. ¿Qué te parece si cenamos el sábado? ¿A las siete?

—Tengo que pintar los armarios de la cocina.

—No lo dirás en serio.

Ella afirmó con la cabeza.

–Se han negado a salir conmigo antes, pero nunca por tener que pintar los armarios de la cocina.

–Esta relación está llena de primera veces –comentó Marisa. De todas ellas, que él hubiera sido su primer amante encabezaba la lista. Por su expresión, él debía de estar pensando lo mismo.

–Tú, yo y un bote de pintura. No se me ocurre una combinación más excitante.

–Pensaba pintar los armarios yo sola.

–¿Para qué molestarte cuando tienes a un atractivo constructor para hacerlo contigo?

Ella comenzó a sentir calor de nuevo. Él sabía perfectamente lo que hacía, a pesar de que estaba muy serio.

–No tengo dinero para contratar a nadie. Por eso pensaba hacerlo sola.

–A ti, cielo, te lo haré gratis.

–Los armarios tienen un color deprimente.

–Pon color a tu vida.

–Voy a pintarlos de amarillo. Ya he comprado todo lo necesario.

–Estupendo. ¿Cuándo empezamos?

–Voy a empezar el sábado por la mañana –esperaba que eso a él le quitara las ganas.

–Estaré allí a las ocho.

El sábado por la mañana, cuando Marisa abrió la puerta del piso, Cole llevaba dos cafés y una bolsa de papel.

–Cruasanes –dijo–. Una tradición en la industria de la construcción.

–Gracias –ella agarró la bolsa.

Él entró y el corazón de Marisa comenzó a latir a toda velocidad. Él era fuerte y masculino. Y delicioso. Prohibido, pero delicioso. Tenía un aspecto estupendo con los vaqueros manchados de pintura, botas de trabajo y una camisa de franela abierta, debajo de la que llevaba una camiseta blanca.

Ella llevaba una camiseta verde y unos viejos pantalones grises. Se había recogido el cabello en una cola de caballo. Iba sin maquillar y no se sentía atractiva.

–Vamos a la cocina, pero allí trabajaremos, no… comeremos –tuvo la repentina imagen de Cole metiéndole las manos por debajo de la camiseta y subiéndolas hacia sus senos. Y sintió calor.

Llegaron al salón y ella se volvió.

–Dame los cafés –dijo, con la intención de ponerlos en una bandeja.

Sus dedos se rozaron y ella lo miró a los ojos. Él se inclinó y le rozó los labios con los suyos.

–De nada –dijo él en voz baja mientras se enderezaba.

–Creí que mantendríamos la excusa de la pintura al menos hasta las nueve –dejó los cafés y se volvió a mirarlo.

–El sexo a primera hora de la mañana es estupendo, y me he estado reservando para ti. Después, verás que soy el mejor pintor del mundo –afirmó él con entusiasmo.

Ella soltó una risa nerviosa porque él la ponía tensa, la excitaba, la volvía loca. Era difícil no entusiasmarse con un hombre que la deseaba, a pesar de que tenía el aspecto de ir a sacar la basura, a pesar de que el cerebro le decía que no debería entusiasmarse.

—¿En serio?

Él asintió y volvió a besarla en los labios, para después hacer más profundo el beso. Ella aspiró su aliento cálido y masculino al tiempo que iba al encuentro de su lengua una y otra vez, imitándolo, hasta sentirse lánguida y mareada. Al separarse, ella inclinó la cabeza y apoyó la frente en sus labios.

Él la agarró de la cintura y deslizó las manos por debajo de la camiseta para acariciarle la espalda hasta llegar a los omóplatos. Con un diestro movimiento, le desabrochó el sujetador.

—Marisa —dijo separando la boca de la frente de ella durante una fracción de segundo.

—¿Qué?

—He fantaseado con tus senos.

—¿Ahora?

—Ahora, en la secundaria… Siempre.

Le quitó la camiseta y ella se soltó el cabello y sacudió la cabeza.

—Sigues teniendo los senos más bonitos que he visto en mi vida.

—Y son los de una maestra, ni más ni menos. Figúrate —bromeó ella.

—Estás a la altura de tu apodo: Lola, la seductora.

—¿Qué?

—Era como los chicos del equipo te llamábamos. Pero no nos poníamos de acuerdo en cómo de grandes tenías los senos, porque siempre te apretabas los libros contra ellos.

–¿Bromeas? Ni siquiera sabía que hablarais de mí en el vestuario.

–Pues sí.

A ella le resultaba increíble, porque creía que, en la escuela, había sido invisible.

–Al final averiguaste su tamaño, pero no sé por qué no lo proclamaste a los cuatro vientos.

–Para entonces –afirmó él poniéndose serio– había comenzado a considerarte mi Lolita personal, la chica que iba a llevarme a la destrucción.

–¿Y ahora? ¿Sigo siendo un objeto sexual de grande senos? –preguntó ella en tono burlón.

–Ahora eres la mujer con la que he fantaseado –contestó él mirándola a los ojos–. *Ti voglio.* Quiero hacerte el amor, Marisa.

Él le tendió la mano y ella la tomó. Siendo sincera consigo misma, debía reconocer que ese momento era inevitable desde que Cole le había dicho que la ayudaría a pintar. La llegada inesperada de Serafina los había interrumpido la vez anterior. Ella podía haber hecho más por evitar ese momento, pero siempre había deseado acabar lo que Cole y ella habían dejado a medias.

Cole puso varios cojines en el suelo, a modo de cama. Los dos se arrodillaron mirándose a los ojos. Él la abrazó con suavidad y la besó mientras le pasaba un brazo por la cintura y le acariciaba un seno con la otra mano.

Marisa gimió. Sus escrúpulos se habían evaporado.

–Cole, por favor…

–Por favor, ¿qué? –preguntó él con voz ronca.

–Ahora, más…

–Sí.

Ella se tumbó mientras él se quitaba la camisa y la camiseta.

Marisa contuvo el aliento ante su musculoso cuerpo. Aunque hubiera dejado el hockey, parecía tan en forma y listo para actuar como siempre.

Él la miró con un brillo prometedor en los ojos. Después le quitó los pantalones, las braguitas, los calcetines y las playeras de una vez.

Le acarició el muslo. Le levantó la pierna y la besó detrás de la rodilla.

–Tienes un cuerpo fantástico, cielo, hecho para el amor.

Ella había soñado con ese momento, en el pasado. Se había preguntado qué habría sucedido si su relación con Cole se hubiera mantenido hasta convertirse en una relación adulta.

Cole se quitó los zapatos y se desnudó. Cuando ella le tendió los brazos, se tumbó a su lado.

Volvieron a besarse en la boca y ella le acarició los brazos notando sus músculos. La excitación de él le presionaba los muslos.

Cuando dejaron de besarse, ella le acarició la mejilla.

–Me has explicado cómo te lesionaste la rodilla y tuviste que dejar de jugar en los Razors. Pero no me has dicho cómo te hiciste esta cicatriz.

–Muy sencillo. La cuchilla del patín de otro jugador me hirió la mejilla.

–¿Nunca has pensado en hacerte la cirugía?

–No, con lo guapo que estoy así…

Ella le fue dando leves besos a lo largo de la cicatriz. Al acabar, Cole parecía perdido.

–Ha sido muy dulce, Marisa.

–A las mujeres les encantaría tener tu actitud despreocupada ante el aspecto físico. Ahora que lo pienso, a las mujeres les encantaría tenerte.

Él sonrió.

–Cierra los ojos, Marisa, y limítate a sentir.

Cole comenzó a masajearle la espalda para soltarle los músculos y que se relajara. La besó en la boca y descendió por su cuello. Le sopló los pezones para después lamérselos.

Inundada de placer, ella le sujetó la cabeza. Cole estaba allí y le hacía el amor. ¿Cuántas veces lo había soñado? Pero ahora era la versión adulta del adolescente que había conocido.

–Parece que nunca vamos a utilizar una cama de verdad.

–Todo a su tiempo –dijo él conteniendo la risa–. Incluso podemos usar la cocina, si se da el caso.

Él se desplazó hacia abajo para besarle el interior de los muslos. Después apretó sus labios contra el húmedo centro de su feminidad, que acarició con la boca y la lengua.

Ella gimió y elevó las caderas, pero Cole la sujetó por las nalgas. Ella volvió la cabeza para ahogar los gemidos contra un cojín. Jadeando, se rindió al placer y dejó que el mundo explotara mientras su cuerpo daba sacudidas contra la boca de Cole.

Segundos después, se dejó caer en los cojines.

Cole volvió a ponerse a su altura.

–No habremos terminado hasta que estés completamente satisfecha.

–Dame un minuto –tenía el corazón acelerado y aún sentía la excitación de él contra su cuerpo–.

Tienes un autocontrol increíble. Siempre te has controlado mucho en mi presencia.

–No es verdad, y te lo voy a demostrar.

Se levantó, sacó un preservativo del bolsillo de los pantalones y se lo puso.

–He venido preparado –afirmó sonriendo.

Le agarró las piernas, se las separó y se inclinó sobre ella mientras tanteaba su entrada.

–Estás caliente y resbaladiza –le murmuró al oído–. Lista para mí.

Ella notó que la penetraba y gritó mientra él gemía. La embistió una, dos, tres veces, y ella gritó su nombre.

–Marisa…

Ella notó cómo él se iba tensando y que estaba a punto de alcanzar el clímax. Lo apretó con los músculos interiores y él soltó una palabrota. El aire se llenó de los sonidos de la mutua liberación.

Ella volvió a gritar mientra se elevaba en una ola de sensaciones tan puras y hermosas que se le llenaron los ojos de lágrimas.

Cole se dejó caer sobre ella al cabo de unos segundos. Le besó la oreja y rodó sobre sí mismo para colocarse a su lado, al tiempo que la abrazaba.

Marisa esperó a que el corazón se le calmara. Cole le había proporcionado una de las mejores experiencias de su vida. Se debatía entre la alegría y la vergüenza ante su desinhibida reacción.

–Ha sido mucho mejor que en una cama normal –afirmó ella.

–Te dije –susurró él contra su cabello– que sería mejor con un hombre sexy y dedicado a la construcción.

Capítulo Nueve

Si Marisa tenía dudas sobre las distintas circunstancias en que se habían criado Cole y ella, estas desaparecieron cuando entró en casa de los padres de él, una villa mediterránea situada en un hermoso paisaje. Casi la parecía estar en la Toscana, donde había estado de camping un verano.

Desde que Camilla la había invitado a la fiesta, estaba nerviosa. No sabía qué ponerse, y se había decidido por una blusa y una minifalda. Cole la había ido a recoger a su casa y ella lo había esperado en el portal, porque no quería que los dos volvieran a estar solos en su piso. Al ver que él llevaba una camisa y unos chinos, estuvo segura de que iba vestida correctamente.

Después de su romántico interludio, Cole y ella se habían puesto a pintar la cocina, que había quedado muy bien.

Cruzaron la casa hasta el patio trasero. Era un día excesivamente cálido para el mes de mayo, por lo que la fiesta iba a celebrarse principalmente en el exterior. La gente deambulaba con una copa en la mano y había bandejas con comida en todas las superficies planas.

Marisa miró a su hombre, aunque no sabía cuándo había comenzado a considerarlo suyo. Las fantásticas relaciones sexuales que habían tenido la habían dejado vulnerable, llena de emociones y sensaciones. Pero no podía ni debía atribuirle demasiada importancia. Lo había hecho en la escuela secundaria y se había llevado un buen golpe.

Cole le puso la mano al final de la espalda y ella lo miró. Él no intentaba ser discreto sobre su supuesta relación. Se inclinó hacia ella para darle un beso rápido.

–Me alegro de que hayas venido.

–Hay más miembros de la familia Serenghetti de los que nunca he visto juntos.

–No te preocupes –contestó Cole riendo–. No muerden –se inclinó para murmurarle–: A diferencia de mí.

Marisa inspiró con rapidez e intentó sofocar el calor que sentía. Echó una ojeada a la multitud. Sabía desde la escuela que Cole tenía tres hermanos pequeños, pero no había sido amiga de ninguno. Sabía algo de Jordan porque, por ser deportista, salía en los medios. Y, antes de llegar a la fiesta, Cole le había comentado que Mia, la más joven, era diseñadora y vivía en Nueva York, y que, Rick, el tercero, era doble cinematográfico y se dedicaba a viajar por el mundo de plató en plató.

–Ven –dijo Cole–. Voy a presentarte.

Ella respiró hondo y lo siguió, mientras se dirigía hacia una atractiva mujer que, era evidente, poseía los genes de la familia.

–Mia, te presento a Marisa Danieli.

Mia era muy guapa, con el cabello largo y ondulado y los ojos almendrados.

–Te recuerdo –dijo ella.

¡Vaya! Sus recuerdos del pasado, como los de

Cole, no podían ser buenos. De todos modos, Marisa no la culpaba por querer examinar a la nueva novia de Cole y proteger a su hermano.

—Fuiste la chica lista que derrocaste al todopoderoso capitán del equipo de hockey. ¿Has venido a rematarlo?

Marisa notó calor en las mejillas. Sin embargo, el tono de Mia era sorprendentemente neutro, incluso chistoso. Había llamado arrogante a su hermano y había dicho que ella era inteligente.

—No, me hace tanta falta que no puedo rematarlo. Va a ser la estrella que encabece la recaudación de fondos de Pershing —lanzó una rápida mirada a Cole—. Además, parece que se ha convertido en un buen hombre.

—Estoy de acuerdo —Mia sonrió—. Y tú no eres la típica modelo con la que suele salir.

—Gracias por tu apoyo, hermanita —dijo Cole con sequedad.

—Tú podrías ser modelo, Mia —afirmó Marisa tanto para caerle bien como porque era verdad.

—Fui modelo de piernas durante un tiempo, peo no me gustaba. Y pensé que, si quería ser diseñadora, debería conocer la industria de la moda más arriba de las piernas. Hice muchos anuncios de medias.

—Sí —intervino Cole—. Intenté que asegurara sus piernas —dijo en tono jocoso y orgulloso a la vez.

—Pues no lo excluyas aún. Puede que continúe haciendo de modelo para presentar mi propia ropa.

—Te voy a dar un consejo muy útil: contrata a Jordan. Si ha triunfado en ropa interior, será la bomba con un vestido sin tirantes.

Marisa sonrió y Mia se echó a reír.

—Jordan va a querer asesinarte cuando se entere.

Cole miró a Marisa.

—¿Quieres tomar algo?

—Sí, una tónica, por favor.

—Creo que necesitas algo más fuerte. Aún no conoces a toda la familia.

—Voy a ver a mamá a la cocina. Conociéndola, estará frenética.

Cole se fue con ella y Marisa se quedó sola. La multitud había disminuido porque algunos habían entrado a la villa. Localizó a Serg Serenghetti, sentado en una silla cerca de la puerta de la cocina que daba al exterior. Lo habría reconocido por el parecido familiar, aunque no hubiera visto fotografías suyas en la prensa.

Él le hizo una seña y ella no tuvo más remedio que acudir.

Serg compartía algunos de sus rasgos con su hijo mayor, así como su imponente presencia.

Serg le indicó con la mano a quienes los rodeaban.

—Eres maestra, Marisa, y vives aquí, en Welsdale, según me ha contado mi esposa. No como esas modelos...

—Sí, llevo enseñando en la escuela Pershing desde que acabé Magisterio. Cole ha sido muy generoso al ayudarme con la recaudación de fondos.

—Bueno, no se trata de generosidad. Quiere seguir viéndote. Es listo —se colocó bien la manta que le cubría el regazo—. A mi mujer le gusta tenerme abrigado como si fuera un esquimal frente a una tormenta de nieve.

Cole volvió con las bebidas.

—Veo que has conocido al *pater familias* —le dio a Marisa una copa de vino—. Se ha transformado de viejo cascarrabias a osito de peluche. Lo he sacado para causar buena impresión a las mujeres.

—¡Ja! —replicó Serg—. Agradezco todos los días que en las caras escuelas a las que te mandé al menos te enseñaran algo de latín —volvió a mirar a Marisa—. Es una hermosa mujer que vive aquí, en Welsdale. Es perfecta.

—Si tú lo dices —contestó su hijo.

—Consigue que te acepte y, entonces, dejarás de viajar y podrás dedicarte a dirigir Serenghetti Construction.

—Ya.

El tono de Cole era innegablemente burlón, pero Serg no podía estar hablando en serio, se dijo Marisa. Le parecía estar en medio de un drama familiar que no entendía del todo.

—He tenido un derrame cerebral —dijo Serg— pero aún entiendo el sarcasmo.

—Pues yo soy el mejor de los tres. Jordan y Rick son peores.

Camilla apareció y se dirigió hacia ellos para ver si su esposo estaba bien.

—*Vade in pace* —dijo Serg—. Id en paz. En mis tiempos, también se estudiaba latín.

Al darse la vuelta, Marisa chocó con alguien, un hombre alto y guapo que le sonrió.

—Marisa, te presento a mi hermanos Rick, el hijo pródigo que vuelve al hogar desde un plató al otro extremo del mundo.

—No le hagas caso —dijo Rick sonriendo—. Soy

una estrella de cine, pero llevo intentando mucho tiempo que él haga de malo en alguna película. Con esa cicatriz, ¿no te parece amenazador?

–Eres doble cinematográfico, pero eso no te convierte en estrella de cine –apuntó Cole.

–Una clara distinción.

Marisa tuvo que reconocer que Rick parecía una estrella de cine.

–Se dice que sois pareja –dijo este mirando a su hermano–. ¿Te pone la maestra?

–No hay nada como un hermano para avergonzarte sin motivo –contestó Cole son sequedad.

–Tu gusto por las mujeres mejora. ¿De qué tienes que avergonzarte?

–De ti.

–Me la has devuelto –Rick sonrió–. Entonces, ¿qué ha pasado? ¿Marisa te dio duro en la escuela y, desde entonces, estás trastornado?

Marisa observaba la conversación entre los hermanos con una sonrisa nerviosa.

Cole parecía que intentaba no perder la paciencia.

–El señor Hayes hizo que confesara quién había manipulado la presentación de PowerPoint, imbécil. Si no se lo decía, la escuela no la recomendaría para que le dieran una beca para estudiar en la universidad.

–En realidad –observó ella–, eso explica mi comportamiento, pero no lo justifica.

–Tenías buenas razones para hacer lo que hiciste –afirmó Cole.

–No hubiera debido preocuparme por el señor Hayes –objetó ella–. Lo más probable era que, a pesar de todo, hubiese conservado el empleo. Tú pagaste un precio muy alto.

–Me lo tenía merecido. Al final, todo salió bien.

Marisa iba a continuar discutiendo, pero vio la expresión divertida de Rick.

–¡Qué festival amoroso! –comentó este mientras miraba a uno y luego al otro–. Debería marcharme para que podáis seguir buscando excusas mutuas.

Marisa cerró la boca con fuerza. Algo estaba cambiando entre Cole y ella. Le parecía que había lazos de seda que lo unían a él. Cole, por su parte, parecía morirse de ganas de volver a estar a solas con ella.

–Ven –dijo Cole tomándola de la mano–. Hay otras personas a las que te quiero presentar.

–Que os divirtáis. Yo ya tengo bastante con evitar a mamá, que intenta aprovechar una de mis pocas reuniones con la familia.

Cole presentó a Marisa a muchas personas, hasta que a ella le resultó difícil recordar a tantos miembros de la familia, amigos y socios. Entre una y otra presentación, comieron algo.

Cuando, por fin, se produjo una pausa, Marisa consultó la hora en el móvil. Llevaban tres horas en la fiesta.

–Vámonos –dijo Cole.

–Pero la fiesta aún no ha terminado.

–Pero es el momento ideal para marcharnos. La gente entenderá que queramos estar solos. Contribuirá a que crean que somos pareja.

–¿Dónde vamos?

–Mi casa es la que queda más cerca –contestó él llevándose la mano de ella a los labios.

–Muy bien.

No había estado en el piso de Cole, y pensó que habían cruzado otra línea.

El trayecto hasta la casa de Cole fue rápido. Atravesaron el vestíbulo y subieron al último piso.

Cuando entraron en el ático, Marisa miró a su alrededor: era una versión hogareña del despacho de Cole. Todo era de vanguardia, desde la tecnología a los electrodomésticos.

Cole la empujó inmediatamente contra la pared para besarla apasionadamente.

Cuando se separaron, ella dijo:

–Debemos parar esto. Nuestra relación es fingida.

–Esto nos ayuda a fingir mejor.

–No te sigo.

–Pues no lo hagas. Déjate llevar.

Ella tenía miedo, pero no podía resistirse a lanzarse.

–Esta vez quiero poseerte en una cama, Y quiero que grites mi nombre cuando te penetre.

Ella se puso la mano en el primer botón de la blusa.

–Llevo viéndote el sujetador de seda toda la noche. Y me estaba volviendo loco.

–¿Me has estado mirando los senos? –¿cuántos invitados se habrían dado cuenta? ¿Y ella no lo había notado? Probablemente debido a lo nerviosa que estaba.

–Sí, y Rick lo ha notado.

Una amiga le hubiera dicho a ella que se le veía

144

el sujetador, y el problema se habría solucionado. Pero Cole no lo había hecho.

—Considéralo como un juego erótico previo —Cole apoyó una mano en la pared, al lado de ella, y la besó desde los labios hasta el lóbulo de la oreja.

Ella se estremeció y comenzó desabrocharse la blusa. Al acabar, se la abrió. El aire frió le puso la carne de gallina.

—Eres tan bonita —murmuró Cole mientras deslizaba el dedo desde la mandíbula de ella hasta uno de sus senos, que acarició repetidamente con el dorso de la mano.

Marisa contuvo la respiración. Él le acarició el muslo por debajo de la falda y le frotó el cuello con la nariz. Al llegar al centro de su feminidad, se introdujo en su acogedora humedad.

—Cole… —dijo ella al tiempo que le introducía los dedos en el cabello.

Él se agachó y utilizó la lengua en su lugar más sensible.

Las piernas le flaqueaban a Marisa, por lo que se agarró a la cabeza masculina, dejándose llevar por las sensaciones.

—Cole, por favor…

—¿Por favor, qué? —murmuró él—. ¿Que siga?

Ella estaba tan excitada que apenas podía respirar.

—Oh…

—Será un placer.

Unos minutos después, el mundo se hizo pedazos como si un caleidoscopio hubiera explotado.

Cole se enderezó y apoyó la mano en la pared, cerca del rostro de ella.

–Vas a montarme –dijo con voz ronca–. Y tus senos van a saltar y a volverme loco. Y cuando grites mi nombre, te voy a penetrar con una larga embestida.

Marisa entreabrió los labios. En su vida había estado tan excitada.

–Vamos a la cama –dijo ella con la voz entrecortada.

–Las palabras mágicas –él sonrió.

La tomó en brazos y recorrió el pasillo hasta llegar al final, donde estaba el dormitorio. Era enorme, con claraboyas y una puerta de cristal que daba a la terraza.

Cuando la depositó en el suelo, se desnudaron. Él acabó primero, cuando ella estaba todavía en ropa interior.

Él se le acercó. Era perfecto, todo masculinidad y músculos esculpidos; ni un gramo de grasa.

Tomó sus senos en las manos, besó cada pezón y luego la besó en la boca. Le desabrochó el sujetador y le bajó las braguitas hasta los pies. Después la tumbó en la cama y se estiró sobre ella extendiéndole el cabello sobre la almohada.

–¿Qué haces?

–Así te he imaginado en mis fantasías –contestó él sonriendo–. Con el cabello extendido sobre mi cama y enredándome en él.

–Creí que yo iba a estar arriba.

–Lo estarás –le prometió él, antes de descender por su cuerpo besándoselo.

Cuando estuvo lista, la colocó encima de él.

Ella se sentó a horcajadas y se hundió en él. Ambos gimieron y él la ayudó a marcar un ritmo agradable para ambos.

Cuando ella llegó al clímax, oyó sus propios gritos de placer como si procedieran de un lugar lejano. Cole tenía el rostro contorsionado por el esfuerzo, hasta que alcanzó también el clímax y se vació dentro de ella con una larga embestida.

Marisa cayó sobre él, que la abrazó. El corazón le latía desbocado.

–Me vas a matar, Marisa.

–No creo –murmuró ella–. Ya te he dado todo lo que tengo.

Era cierto, y le producía miedo. Cole la poseía en cuerpo y alma.

–Cole, acércate a probar la cocina de Marisa.

Cole sonrió a la cámara. ¿A qué productor se le había ocurrido aquello? ¿O había sido idea de su madre? Su madre parecía emocionada y, decididamente, inocente. Daba igual que el plato que debía probar fuera el resultado de la acción conjunta de Marisa, Camilla y Donna.

Si Marisa no hubiera parecido aterrorizada, él habría sospechado que había contribuido a que se produjera aquel momento televisivo. Tal como estaban las cosas, le entraron ganas de reírse. No esperaba ser un extra en uno de los programas de su madre.

Cuando subió al escenario, dijo animosamente:

–Estoy seguro de que estará delicioso, pero no soy un experto.

Camilla le dio a Marisa una cuchara con un poco de *tiella*, una mezcla de arroz, patatas y mejillones, y asintió expectante.

Marisa hizo amago de entregarle la cuchara a Cole.

–No, no –dijo Camilla riéndose–. Siempre llevo la cuchara a la *bocca* cuando le pido su opinión a alguien de la familia.

Los espectadores rieron con ganas e incluso Donna sonrió.

Cole contempló la derrota en los ojos de Marisa, al darse cuenta de que no tenía escapatoria. A diferencia de él, no estaba acostumbrada a las cámaras. Todos esperaban que le metiera la cuchara en la boca.

Ella levantó lentamente la cuchara protegiéndola con la otra mano para que evitar que algo se derramara. Él la miró a los ojos y, en el último segundo, la agarró de la muñeca para guiarle la mano.

El guiso estaba delicioso. Ella era deliciosa. Él deseó empezar con la comida para después saciarse de ella, aunque no sabía cuándo ocurriría eso. Siempre había pensado que le gustaría comérsela, pero con probarla una vez no bastaba. Sus dos encuentros solo le habían abierto el apetito. Le gustaría poder decir que sentía haberla arrastrado a participar en el programa de su madre, pero lo cierto era que buscaba la menor oportunidad para estar con ella.

Marisa bajó la cuchara y Camilla aplaudió.

–¿Y bien?

–Fantástico –respondió Cole–. Se ve que está hecho con amor.

Su madre se dirigió al público.

–Y ahora otra sorpresa. Vamos a regalar un juego de cocina de acero inoxidable de los almacenes Stanhope, por cortesía de nuestra invitada, Donna Casale.

Tras los aplausos, uno de los productores mostró al público una gran caja que contenía un juego de diez cacerolas y sartenes.

–Miren debajo de su asiento. El ganador será quien encuentre un disco rojo.

Al cabo de uno segundos, una mujer de mediana edad se levantó emocionada blandiendo el disco.

–Felicidades –dijo Camilla aplaudiendo–. Suba a ver el regalo.

Cuando la mujer lo hubo hecho, Camilla le pasó el brazo por los hombros y se volvió a la cámara.

–Si les ha gustado la receta de la familia Danieli, consulten nuestra web.

La receta y la dirección de la web aparecieron en la pantalla. Después, Camille dio las gracias a los invitados y al público.

–Hasta la próxima. *¡Alla salute!*

Cuando las luces de las cámaras se apagaron, Marisa se relajó.

–Buen trabajo, mamá –dijo Cole.

–Gracias por venir –contestó su madre con una sonrisa beatífica.

Cuando no salvaba a uno de sus progenitores, salvaba al otro. Aunque dudaba que su padre pensara que estaba salvando algo cuando se enterara de que había un comprador para Serenghetti Construction. Había recibido una oferta esa semana, pero no se lo había dicho a nadie.

Agarró a Marisa del codo.

—¿Estás bien? —preguntó en voz baja—. Antes me ha parecido que estabas a punto de desmayarte.

—Solo para tu legión de admiradoras —contestó ella al tiempo que se apartaba un mechón del rostro soplando.

Cole se contuvo para no reír.

Un par de espectadores se habían acercado a hablar con Donna y su madre, por lo que él y Marisa disfrutaban de cierta intimidad.

—Creo que tú también te has ganado algunos admiradores hoy —observó él.

—¿Incluyéndote a ti?

—Siempre lo he sido.

—¿De mi cocina?

—De todo, cielo.

—Se te da bien subir la calefacción —dijo Marisa abanicándose el rostro con la mano.

—Todavía no lo hemos hecho en la cocina.

Cuando ella lo miró con los ojos como platos, reprimió una sonrisa.

—Hay más gente aquí —dijo ella en voz baja.

—¿En tu cocina o en la mía? —le susurró él al oído.

Ella contuvo la respiración.

—Tengo que acompañar a mi madre.

Él asintió. Antes o después tendría otra ocasión de avivar las llamas con Marisa. Supuso que solo había sobrevivido los quince años anteriores porque no sabía lo que se estaba perdiendo.

***

Cuando Marisa salió del estudio con su madre y se dirigieron a la salida que conducía al aparcamiento, no manifestó lo que pensaba.

–¿Qué es lo que no debo saber? –preguntó Donna con suavidad.

–No sé a qué te refieres.

–Parece que hay algo más que un acuerdo de negocios entre Cole Serenghetti y tú.

–Solo le he hecho un favor para agradecerle su participación en la recaudación de fondos –masculló Marisa–. Además, creí que sería divertido. Te encantan los programas de cocina. ¿No lo has pasado bien?

–Sí, en parte al veros interactuar a Cole y a ti. Parece que él se muere de ganas de estar contigo a solas.

–¡Mamá!

–Eres una mujer hermosa y deseable, Marisa. Sé que mi hija será un premio para quien se la lleve. Cole sería un estúpido si no le interesaras.

Ahí estaba el quid de la cuestión. Marisa no sabía en qué punto se encontraban Cole y ella, dónde acababa el fingimiento y comenzaba la realidad.

–Camilla cree que hay algo entre vosotros, y está encantada. Dice que ha oído rumores en la ciudad –Donna suspiró–. Las madres somos las últimas en enterarnos de todo.

Marisa suspiró. Se sentía incapaz de seguir negando la realidad.

–Cole y yo tenemos un pasado complicado.

–Todas las relaciones son complicadas, cariño. Pero he visto a Cole devorarte con los ojos.

–¡Mamá, por favor! –protestó Marisa, que no

estaba acostumbrada a una conversión tan sincera entre madre e hija.

Donna se echó a reír.

–Cariño, conozco bien el atractivo de los deportistas.

–Claro que sí.

–Espero que tus dudas con respecto a Cole no tengan que ver con lo sucedido entre tu padre y yo.

Se detuvieron ante la puerta por la que se salía del edificio.

Como Marisa no decía nada, Donna añadió:

Cariño, si el béisbol no nos hubiera separado, lo hubiera hecho otra cosa. Éramos muy jóvenes.

Marisa se identificaba con la tragedia del amor joven. La había conocido con Cole.

Sin embargo, le sorprendió la moderada reacción de su madre. Desde que había sabido que su padre había abandonado a su madre antes de morir en un accidente, había supuesto que esta detestaría a los deportistas y su estilo de vida.

Su madre le había hablado con franqueza sobre los detalles de su embarazo. Marisa tenía vívidos recuerdos de lo sacrificios que había supuesto criarla, y suponía que su madre también los recordaría y que sentiría amargura, a pesar de que lo ocultaba.

Parecía que se había equivocado.

–Mamá, el matrimonio ha cambiado tu perspectiva vital –bromeó.

–Soy mayor y más sabia, cariño. Pero todo aquello pasó hace muchos años. He tenido tiempo de superarlo y seguir adelante. Y nunca he lamentado haberte tenido. Fuiste un regalo.

–Para, mamá –dijo Marisa con lágrimas en los ojos.

Donna le apretó el brazo y se echó a reír.

–¿Te refieres a que pare de hablar de Cole? Pues tenme al corriente de lo que pase. A las madres nos gustaría no ser las últimas en enterarnos.

Capítulo Diez

Marisa echó un vistazo a la sala de baile donde iba a tener lugar la fiesta para recaudar fondos para el nuevo gimnasio de Pershing. Briarcliff era un conocido lugar de celebraciones, a las afueras de Welsdale. Era uno de los sitios en que ella había pensado para su boda con Sal.

Eso la hizo reflexionar sobre lo mucho que ella había cambiado en los últimos meses. El hombre en quien pensaba ya no era Sal, sino Cole.

Esa noche experimentaba una sensación agridulce. Estaba contenta de que la organización de la recaudación hubiera salido bien. Gracias a Cole y a Jordan, habían vendido muchas más entradas de lo esperado. Pero, aunque Cole y ella no habían vuelto a hablar del tema, después de esa noche se acabaría la farsa de su relación de pareja.

Al otro lado de la sala, Cole hablaba con el señor Dobson. A Marisa se le encogió en corazón.

Cole estaba muy guapo de esmoquin. Ella sabía que las mujeres volverían a interesarse por él en cuanto se supiera que ya no salían juntos.

Marisa suspiró. Debería centrarse en otras cosas. Su madre y su padrastro estaban allí para apoyarla. Y, después de esa noche, la junta escolar tal vez reconociera su valía y la hicieran subdirectora de Pershing.

La semana anterior, el señor Dobson le había pedido su currículum.

El director no había dado señal alguna de que estuviera al corriente de su relación con Cole. Ella, por supuesto, no lo había dicho en la escuela, aunque le había comentado al señor Dobson que, debido a los preparativos de la fiesta, Cole y ella habían retomado su antigua amistad. Y en el caso de que al director le gustara el programa de cocina de Camilla Serenghetti, habría visto el de dos semanas antes, en el que salían ambos.

Cole la miró y sus ojos se encontraron.

Él la hacía sentirse hermosa. Llevaba un vestido de satén verde y unos largos pendientes. Había elegido la ropa pensando en él.

En las dos semanas anteriores, se habían visto mucho. Habían ido a ver un partido de los Razors para animar a Jordan. Ella había estado en la segunda sesión teórica sobre hockey y había bromeado con él acerca de la posibilidad de que llegara a convertirse en profesor. Además, él la había ayudado en la cocina a preparar platos italianos.

Sintió una oleada de calor al recordar qué otra cosa habían hecho hacía poco en la cocina…

Marisa se dio cuenta entonces, si no lo había hecho antes, de que se había enamorado de él.

–¡Por Dios, solo tiene ojos para ti!

Marisa se sobresaltó al ser arrancada de su ensimismamiento. Se volvió y vio a Serafina.

–Parece un anuncio malo de un producto para el cuidado del cabello femenino.

Serafina negó con la cabeza.

–No hablo de tu cabello precisamente.

–Señoritas.

Las dos se volvieron. Era el hermano menor de Cole.

Jordan miró a Serafina con una sonrisa que derretiría el hielo.

–Marisa no me había dicho que tenía un familiar aún más perfecto que ella.

–¡Ah! –exclamó Serafina mirando detrás de ella–. ¿Dónde está?

–La estoy mirando, ángel mío. Soy…

Ella lo fulminó con la mirada.

–No me llamo Ángel y ya sé quién eres.

–El hermano de Cole –dijo él, imperturbable.

–El ala derecho del New England Razors y su máximo goleador.

–¿Ves partidos de hockey? –Jordan seguía sonriendo.

–También leo las noticia. Y he trabajado de noche en el Puck & Shoot.

–Lo sé, pero nunca nos han presentado.

–Afortunadamente.

Marisa carraspeó. Se alegraba de haber dejado de ser el centro de atención de Sera, pero había llegado el momento de intervenir.

–Jordan, te presento a mi prima Serafina.

–Tenía razón: tiene nombre de ángel –murmuró Jordan–. Ha sido el destino.

–Ni lo sueñes.

–Soñar contigo es lo que voy a hacer esta noche, a menos que quieras venir a tomar algo conmigo.

–¿Es que no sabes parar?

Marisa sabía que a su prima no le gustaban los

deportistas, pero nunca la había visto comportarse de forma grosera.

Serafina fulminó a Cole con la mirada.

–¿Cómo sabías que Marisa y yo somos parientes?

–Tenéis la misma delicada estructura ósea y el mismo tono de piel. ¿Cómo iba a equivocarme?

–Claro –afirmó Serafina de mala gana.

–Eres preciosa.

–Y tú, muy insistente.

–Es parte de mi encanto.

–Eso es discutible.

Jordán volvió a sonreír y se encogió de hombros.

–La propuesta de vernos en el bar más tarde sigue en pie.

–Te vas a sentir muy solo. No iré a hacerte compañía.

–Encantado de conocerte –dijo Jordan al marcharse.

Cuando ya no podía oírlas, Serafina miró a Marisa.

–Un deportista profesional.

–Cole también lo es.

–Se ha retirado del juego. Al menos del que llevaba a cabo en el hielo.

A continuación, Serafina dio un bufido y salió con paso decidido, dejando a su prima sin habla.

Cole se le acercó.

–¿Qué ha pasado?

–En realidad, no lo sé, salvo que tu hermano y mi prima no han congeniado.

Cole frunció el ceño.

—Es raro, porque Jordan suele cautivar…

—¿A una mujer para quitarle las bragas? —ella finalizó la frase sin morderse la lengua.

Cole sonrió, se inclinó y le besó el cabello.

—Creo que ese es un problema entre Serafina y él. La única mujer a la que yo quiero cautivar es a ti.

—Aquí no podemos.

—Se supone que somos pareja.

Una que pronto se desparejaría.

—También se supone que somos profesionales.

Ella desvió la mirada y se quedó inmóvil al distinguir una figura conocida.

—¿Qué te pasa? —siguió la dirección de la mirada de ella y también se quedó inmóvil.

Era el señor Hayes. Habían invitado al antiguo director esa noche porque siempre lo invitaban a cualquier acontecimiento que tuviera lugar en la escuela. A Marisa no se le había ocurrido decírselo a Cole. Y ella había esquivado el problema al no comprobar si el señor Hayes había confirmado su asistencia.

Esperaba que aquel reencuentro al cabo de quince años no acabara siendo un desastre.

—Cole Serenghetti y Marisa Danieli —dijo el señor Hayes a modo de saludo.

—Señor Hayes —lo saludó Marisa—. Encantada de volver a verlo. Tiene muy buen aspecto. La jubilación le sienta bien.

La jubilación le hubiera venido bien quince años antes, pensó Cole. Tenía más canas y su aspecto era menos imponente que cuando había tenido el destino de Cole en sus manos.

Cole miró a Marisa, que le imploró con los ojos que fuera amable. Esa noche era importante para ella, así que estaba dispuesto a hacerle caso. Le sonrió mientra pensaba: «Me debes una, y esta noche me la cobraré de forma placentera para ambos».

—Me he enterado de que ahora sois pareja. Enhorabuena.

—Gracias —dijo Marisa sonriendo.

—Seguro que le ha sorprendido —comentó Cole.

Marisa estuvo a punto de darle un codazo.

—En realidad, no.

—Las cosas me han ido mejor de lo que usted esperaba —dijo Cole.

—Bueno, naturalmente…

—Creo que hay una retrospectiva en vídeo esta noche. Tal vez quiera reservarse la opinión hasta entonces.

Marisa lo miró con los ojos como platos y Cole le sonrió despreocupadamente. Estaba dispuesto a hacerle caso, pero también quería divertirse a costa del antiguo director.

El señor Hayes carraspeó.

—Hablando de vídeos, quiero que quede una cosa clara. Cuando hice venir a Marisa a mi despacho y le pregunté…

—La interrogó, más bien.

— …sobre el autor de la broma, me di cuenta de que le importabas.

Cole reprimió su sorpresa.

—Al principio se negó a decir nada. Cuando finalmente confesó tu participación, le preocupaba lo que fuera a pasarte.

Cole notó que ella le tocaba el brazo.

Él le había importado cuando estaban en la escuela, e incluso el señor Hayes se había dado cuenta. Cole se preguntó por qué no lo había hecho él y se dijo que porque había estado ciego a todo lo que no fuera el hecho de sentirse traicionado.

–Aprendí mucho de todo aquello –le dijo al señor Hayes–. Nunca más volví a gastar una broma en la escuela –puso la mano sobre la de Marisa–. Pero todo acabó bien, más que bien. He tenido suerte.

Cole pensó que Marisa creería que estaba actuando ante el director, pero no actuaba: hablaba totalmente en serio.

Quería que Marisa formara parte de su vida. La necesitaba. Y, antes o después, conseguiría que ella se diera cuenta de que también lo necesitaba.

Dos días después de la fiesta, Marisa abrió la puerta de su piso y se encontró con la última persona a la que esperaba ver: Sal.

Desde la fiesta de la escuela, no había vuelto a ver a Cole, aunque él le había mandado un mensaje para felicitarla por su buen trabajo. Ella había sido la última en salir de la escuela y él se había despedido con un leve beso en los labios y diciéndole que al día siguiente tenía una reunión muy temprano.

Ella se había quedado sin saber en qué punto

se hallaba su relación, preguntándose si la reunión era una excusa, ya que la relación debería acabar a medianoche.

Se apartó de mala gana para dejarlo entrar.

—Tengo que hablar contigo, Marisa.

Ella cerró la puerta y se volvió hacia su exprometido.

—Vicki me ha dejado —dijo él sin más preámbulos.

—Lo siento.

Marisa debería haber previsto que Sal y Vicki romperían, ya que no tenían nada en común, salvo su gusto por los deportistas famosos.

Pero ¿qué quería Sal de ella? ¿Un hombro para llorar?

Sal hizo una mueca.

—Que Vicki se haya marchado ha sido lo mejor. Me he comportado como un imbécil.

Marisa estaba completamente de acuerdo, pero no dijo nada para no hacer leña del árbol caído. Sal la miró implorante.

—Se ha terminado para mí el modo de vida por todo lo alto de los deportistas, Marisa. Creí que quería vivir así, pero acabo de presentar mi dimisión en la agencia deportiva. Voy a trabajar en una fundación para que niños desfavorecidos practiquen deporte y atletismo. Quiero hacer algo útil.

Ella no iba a discutirle el admirable impulso de ayudar a los niños. Trabajaba con ellos todos los días. Era un trabajo agotador, pero emocionante.

—¿Y ha sido el que Vicki te haya abandonado lo que te ha llevado a decidirte?

—Ella no es como tú, Marisa.

—Claro que no. ¿No era precisamente eso lo que te atraía de ella?

—He sido un idiota. Pero he reflexionado mucho en los últimos días. Todavía siento algo por ti.

Ella parpadeó.

Sal alzó la mano.

—Déjame acabar. Sé que será difícil recuperar tu confianza, pero espero que no imposible. Te pido una nueva oportunidad –la agarró de la mano–. Te quiero, Marisa, y haré lo que sea para que vuelvas a mi lado.

Ella no sabía por dónde empezar.

—Sal…

—No tienes que decir nada. No hay nada de lo que digas que yo no haya pensado. Me he insultado de todas las formas posibles.

Ella cerró la boca con fuerza.

—Lo que pasó fue que me entró miedo y me eché atrás –Sal se encogió de hombros–. Cabría decir que hizo falta que apareciera Vicki para que me diera de cuenta de quién es la persona a quien de verdad quiero: a ti, Marisa.

Como declaración, no estaba mal. Sin embargo, Marisa ya no sabía si era el hombre adecuado para ella.

Sal, según él mismo reconocía, había cometido un error, pero era un hombre predecible y seguro, lo que ella siempre había deseado… hasta que Cole había vuelto a su vida.

Y mientras ella se iba enamorando, él no había dado señal alguna de que la correspondiera.

—Sal, yo…

—No digas nada. Piénsatelo.

–De verdad que…

Él le dio un rápido beso que la sobresaltó.

–Volveré a verte pronto.

Dicho lo cual, se marchó tan deprisa como había llegado.

La secretaria de Cole le dijo que lo llamaba Steve Fryer, un conocido de cuando jugaba al hockey.

Col echó una ojeada a los papeles sobre el escritorio. La faltaba tiempo. Tenía la mañana llena de reuniones.

También deseaba estar con Marisa. Hacía días que no la veía. Había tenido mucho trabajo.

–Buenas noticias –le anunció Steve–. El entrenador de los Madison Rockets ha decidido, finalmente, aceptar el puesto en Canadá porque le han ofrecido un buen contrato. Queremos ofrecerte el puesto de entrenador.

Cole se recostó en la silla mientras el mundo se detenía. Era la oportunidad que llevaba meses esperando.

–Es una noticia estupenda, Steve. Creo que los Rockets han tomado una decisión acertada.

Steve se echó a reír.

–Te llamaré –dijo Cole–. Como te imaginarás, tengo cosas que solucionar –suponía que Steve se imaginaría que debía ponerse en contacto con su antiguo agente para empezar el proceso de negociación del contrato.

Pero Cole se enfrentaba a complicaciones más importantes. Tenía que marcharse de Serenghetti Construction. Pensó en la oferta de comprar la compañía. «Ahora o nunca». Y estaba la relación con Marisa.

—Tómate el tiempo que quieras. Hablamos la semana que viene.

Las ruedas se movían en la dirección que Cole deseaba, pero en el curso del año anterior había establecido demasiados vínculos con Welsdale. Y Marisa era el principal.

Le diría que se mudara con él a Madison.

Allí podría trabajar de profesora. Tenía un currículum atractivo para una escuela. Incluso podría suceder que Marisa considerara que trasladarse era lo mejor, ya que aún no la habían ascendido en Pershing y era posible que nunca lo hicieran.

Él podía hacer que aquello funcionara.

Pero antes debía enfrentarse a otra situación: había llegado el momento de hablarle a Serg de la oferta de compra de la empresa que había recibido.

Cole agarró la chaqueta y salió del despacho. Después de haber mandado un mensaje a su madre, condujo a casa de su familia, donde Serg estaría gruñendo, como era habitual.

Saludó a su madre con un beso en la mejilla y la siguió hasta el salón, donde se hallaba sentado su padre.

Cole se sentó en una silla de cuero y Camilla lo hizo en el sofá. Hablaron del tiempo y de cómo se encontraba Serg. Pero Cole se percató de que su padre recelaba de aquella visita inesperada.

Tomó el toro por los cuernos.

—Me han hecho una oferta para comprar la empresa.

–¿Te la han hecho o has solicitado un comprador? –preguntó su padre con voz de trueno.

–¿Acaso importa? Es una buena oferta.

–Voy a tener otro derrame cerebral –Serg agachó la cabeza e hizo una mueca.

–¡Serg! ¿Qué te duele? –preguntó Camilla levantándose de un salto.

–¿Vas a tenerlo ahora mismo? –preguntó Cole.

–¿Qué importa cuándo? –preguntó Serg–. Ya me has matado.

–Serg, por favor –dijo Camilla lanzando a Cole una mirada exasperada.

Cole estaba acostumbrado al drama en su familia. Llevaba toda la vida sufriéndolo.

–Te has esforzado mucho para conseguir el contrato del gimnasio de Pershing, ¿y ahora quieres vender la empresa? Había empezado a pensar que tenías el mismo instinto que yo para los negocios.

Cole estaba preparado para contestar.

—Lo tengo. Por eso creo que lo mejor es venderla.

–Camilla, tráeme las medicinas –le pidió Serg al mismo tiempo que echaba a Cole con un movimiento de la mano–. Necesito descansar.

–La oferta es buena –repitió Cole. Se levantó. Sabía que debía dejar que su padre se hiciera a la idea–. Avísame cuando quieras conocer los detalles.

Ya había terminado la primera reunión; le faltaba la segunda. Mientras salía por la puerta, mandó un mensaje a Marisa para quedar con ella en el Puck & Shoot después de trabajar.

Capítulo Once

Cuando Marisa entró en el Puck & Shoot estaba nerviosa. Cole le había pedido que quedaran allí y ella sabía que debía contarle la visita de Sal.

Se sentó a la mesa, frente a él, sin darle la oportunidad de levantarse a su llegada.

Llegó la camarera y ella pidió una cerveza sin alcohol.

El móvil de Cole sonó, por lo que ella no tuvo que decir nada más. Cole se disculpó por tener que atender la llamada, se levantó y se alejó unos metros.

La última vez que los dos habían estado allí, ella se había lanzado a sus brazos al aparecer Sal y Vicki. Ahí había comenzado la farsa de su relación como pareja. Sería de lo más apropiado enterrarla allí también.

Cuando la camarera volvió con la cerveza y la dejó frente a ella, Marisa le dio un trago. Seguía nerviosa y presentía que Cole tramaba algo.

Cole volvió a sentarse al tiempo que se metía el móvil en el bolsillo.

Marisa notó que se le aceleraba el pulso. Quería sentarse al lado de Cole, o en su regazo, rodearle el cuello con los brazos y besarlo en los labios. Pero ya no sabía si le estaba permitido. No sabía en qué punto se hallaban Cole y ella. Ninguno había hablado de nada importante desde la fiesta de la escuela, días antes.

Como si le hubiera leído el pensamiento, Cole le lanzó una intensa mirada.

–Fingir que somos pareja nos ha salido muy bien.

–Sí.

–Me han ofrecido el puesto de entrenador de un equipo de hockey en Madison, Wisconsin.

A Marisa se le cayó el alma a los pies.

Cole, por el contrario, parecía contento. ¿La relación entre ambos, su fingimiento, había significado tan poco para él? Se preguntó por qué había sacado el tema del trabajo justo después de haber mencionado su falsa relación. ¿Era su manera de romper? «Ha estado bien, pero tengo que seguir adelante, cielo».

–Sal quiere volver conmigo –le espetó ella.

Sabía que se había puesto a la defensiva, pero no podía evitarlo. Cole no había dicho que fuera a aceptar el puesto en Wisconsin, pero parecía contento. Y ella estaba atada a Welsdale y a su trabajo en la escuela. Él no le había pedido que lo acompañara allí.

No podría soportar oírle decir que se había acabado. Sal la había abandonado, y había sobrevivido. Sin embargo, no estaba segura de poder hacerlo después de Cole. Significaba mucho para ella. Pero no podía culparlo. La fiesta para recaudar fondos habían acabado, y había sido ella la que había insistido en que su fingida relación terminara entonces.

Cole parpadeó y su expresión se endureció.

–No me digas que estás pensando en dar a ese imbécil otra oportunidad.

No, pero, en aquel momento, necesitaba levantar un muro frente a Cole, mantenerlo a distancia. Se había enamorado de él, pero él no daba señales de sentir lo mismo por ella. De hecho, se iba a marchar.

–Si vuelves con él, te sentirás segura.

–Soy profesora. Es una profesión bonita y segura.

Él se inclinó hacia delante.

–Si crees que no eres apasionada y atrevida, te equivocas. Lo sé por el tiempo que hemos estado juntos.

No era apasionada, sino avariciosa. Lo quería todo, incluyendo el amor inquebrantable de Cole. Pero él no había dado muestras de querer sentar la cabeza.

–Te apasiona el hockey, así que debes intentar hacer realidad tus sueños.

Le dolió pronunciar esas palabras. Sentía un peso enorme en el corazón. Pero el pasado le había enseñado que era inútil pretender obstaculizar los sueños ajenos.

Cole no dijo nada, pero agarró la jarra de cerveza con más fuerza.

–Es evidente que a tus padres les encantaría que te quedaras en Welsdale –prosiguió Marisa–. Por eso les gustaba que fuéramos pareja. Pero era una farsa –se sintió enferma al decirlo.

Cole apretó los labios.

–¿Te olvidas de cómo iniciamos esa falsa relación?

Sí, había sido culpa de ella, pero se mantuvo firme.

—Y ahora no somos pareja.

Él asintió.

—No hay nada más que decir. Un trato es un trato.

Marisa deseaba decirle muchas cosas: «Te quiero». «No te vayas». «Quédate conmigo».

En lugar de hacerlo, asintió y agarró el bolso, que estaba a su lado. Buscó el dinero en la cartera para pagar su consumición.

—Déjalo —dijo Cole con voz y expresión imperturbables—. Pago yo.

Ella asintió y se levantó sin mirarlo.

—Tengo que irme. Me he desviado para venir aquí al leer tu mensaje, pero tengo exámenes que corregir.

No quería mirarlo a los ojos porque la destrozaría.

—Gracias por la cerveza.

Se dirigió a la puerta de forma automática. «Que no me desmaye por favor». «Que sobreviva a esto».

La noche siguiente, Cole se hallaba de nuevo en el Puck & Shoot. Alguien con un morboso sentido del humor diría que le gustaba regodearse en la desgracia volviendo a la escena del crimen.

Todavía podía ponerse en pie, pero esperaba corregir pronto la situación tomándose la bebida que tenía frente a él. Nunca se había sentido tan perdido al romper con una mujer, por lo que necesitaba tiempo para acostumbrarse a la situación.

Además, se estaba replanteando los planes para Serenghetti Construction, lo cual demostraba que necesitaba un examen mental. Sin que él lo hubiera notado, se había habituado a la empresa y no le parecía justo venderla.

Hizo una mueca. Solo podía enfrentarse a las rupturas de una en una.

Se dijo que debería haber elegido otro bar si quería estar solo. Al menos, Serafina, la prima de Marisa, no trabajaba esa noche. Por desgracia, Jordan había ido a tomar algo.

–¿Dónde está Marisa? –preguntó mirando a su alrededor–. Es sábado por la noche, por lo que creí que los tortolitos estarían juntos.

–Ha decidido que prefiere a otro.

Jordan enarcó las cejas.

–¿A Sal?

Cole no contestó.

–¿Y no vas a luchar?

–Ella ha elegido.

Jordan negó con la cabeza.

–Me sacas de quicio, tío…

Cole agarró a su hermano de la camisa y lo atrajo hacia sí.

–No te metas –después empujó a Jordan y dio otro trago de whisky. Esa noche necesitaba algo más fuerte que la cerveza.

–No ves lo que tienes delante de las narices.

Cole levantó la mano y abrió los dedos.

–Todavía no he llegado a ese punto.

–La deseas con desesperación.

–Hay otras mujeres.

–Vicki.

–De ninguna manera. Hemos terminado.

–Así que no estás dispuesto a…

–Ella sí. Ha decidido volver con el.

–¿Te lo ha dicho?

–Se lo está pensando.

Jordan volvió a mirar a su alrededor.

–Creí que estaría aquí.

–¿Por qué iba a estar aquí?

–Me ha mandado un mensaje. Te está buscando porque dice que tiene algo tuyo que quiere devolverte.

Probablemente su corazón.

–Le dije que no sabía dónde estabas, pero que lo intentara aquí.

Estupendo. No quería que su hermano ni ninguna otra persona fueran testigos del desenlace.

–Sabe cómo romper con un hombre.

–¿En un sitio público? ¿Por qué no vas a su casa?

Brillante idea. Lo único que le faltaba era verse con Marisa en el Puck & Shoot, con una copa en las manos, como si fuera un cachorro solitario y enfermo de amor. Si a Jordan le sacaba de quicio, no quería imaginarse lo que le parecería a Marisa.

Si ella lo estaba buscando, lo mejor era acabar de una vez por todas. Le ahorraría el trabajo de dar con él. Al menos, eso fue lo que se dijo, sin hacer caso de que el pulso se le había acelerado al pensar en volver a verla.

Se levantó del taburete y dejó unos billetes en la barra.

–Voy a llamarte a un taxi –dijo Jordan.

171

–¿Porque no estoy en condiciones de conducir?

–Porque no estás en condiciones de seguir bebiendo en público. Tienes un aspecto horrible y algo me dice que ya lo tenías cuando llegaste aquí.

El trayecto hasta el piso de Marisa fue rápido.

Cuando Cole llegó a la puerta del piso, vio que estaba entreabierta. Oyó voces y la empujó sin llamar.

La escena que contempló le hizo hervir la sangre. En la entrada del salón, Sal y Marisa estaban estrechamente abrazados y la boca de él buscaba la de ella.

–¡Sal, no! –Marisa trató de librarse del abrazo.

La escena adoptó un significado totalmente diferente para Cole, que se lanzó hacia ellos, agarró a Sal y lo puso contra la pared. Acercó el rostro al del sorprendido agente deportivo.

–Te ha dicho que no –dijo entre dientes.

–Eh, hombre…

Cole lo sacudió con fuerza.

–¿Lo has entendido?

–Solo estábamos…

Cole lo estampó contra la pared.

–Creo que ya te ibas.

Sal forcejeó.

–Suéltame. Tengo derecho a visitar a mi novia.

–Tu exnovia.

–Da lo mismo. Vosotros, los deportistas, creéis que podéis conseguir lo que queréis cuando queréis. ¿Qué se siente cuando, para variar, te dejan plantado?

Cole miró a Marisa. Se hallaba en desventaja porque no sabía lo que Marisa le había contado a Sal.

Ella lo miró durante unos segundos sin decir nada, como si estuviera desconcertada. Después se acercó a ellos.

–No le hagas daño, Cole.

Este volvió a mirar el rostro colorado del agente deportivo.

–Te demandaré –dijo Sal.

–Ansías el dinero, las mujeres y todo lo que conlleva la vida de un deportista. ¿Es por eso que tú también quieres que Marisa vuelva contigo?

Marisa lanzó un grito ahogado. Incrédula, soltó una carcajada.

–Me he espabilado. No te fíes de tu ego, Cole –se acercó a ellos–. Suéltalo, Cole. Y tú, Sal, márchate.

La amenaza de la violencia seguía cerniéndose sobre ellos incluso cuando Cole soltó a Sal y retrocedió.

Sal se estiró el cuello de la camisa y se pasó la mano por el cabello antes de mirar a Marisa.

–Ya sabes dónde estoy, cariño. Te dejo para que vuelvas a mandar a Cole a paseo. Parece que no lo ha entendido a la primera.

Cole cerró el puño, pero dejó que el agente deportivo se marchara.

Cuando la puerta del piso se hubo cerrado, Marisa se volvió hacia él. Los dos parecían haberse dado cuenta a la vez de que estaban solos para enfrentarse a sus emociones.

–¿A qué has venido? –preguntó Marisa.

173

—«Gracias, Cole, por salvarme» —contestó él poniendo voz de falsete.

—Sé cuidarme sola.

—Muy bien —seguía queriendo destrozar a Sal—. Tengo una pregunta mejor. ¿Qué hacía Sal aquí y, si querías volver con él, por qué te estabas resistiendo?

—Sal y yo no estamos juntos.

A pesar de sí mismo, Cole se sintió mejor. Ella aún no había vuelto con él y, a juzgar por las apariencias, Sal había arruinado todas sus posibilidades.

—Pero le he dicho que la razón no es que tú y yo sigamos juntos.

—¿Así que vio la oportunidad de presionarte?

Marisa respiró hondo.

—Siguiente pregunta. ¿A qué has venido? No podías saber que Sal estaría aquí.

—Jordan me ha dicho que me buscabas.

Ella negó con la cabeza.

—No.

Cole apretó los puños. O su hermano no estaba bien informado o lo había engañado para que fuera al piso de Marisa. Una cosa era segura: iba a pelearse a puñetazos con Jordan.

Sin embargo, antes necesitaba aclarar una cosa.

—Muy bien, no me buscabas. De todos modos, quiero decirte algo.

Marisa lo miró sin decir nada.

—Eres una hermosa mujer. Eres ambiciosa, apasionada y merecedora de todo lo bueno que te ofrezca la vida. Aunque lo nuestro se haya acabado, no te quedes con Sal.

Quería agarrarla y besarla, pero eso lo haría ser igual que Sal. Se obligó a volverse y a marcharse.

Marisa esperaba que la función teatral de los mayores fuera el último acontecimiento importante en el calendario escolar de Pershing. Pero no creía que fuera a encontrarse allí con Cole, probablemente por última vez antes de que él se fuera de Welsdale.

Desde que se había marchado de su piso la semana anterior, Marisa no había dejado de pensar en él. No iba a volver con Sal porque Cole pensara marcharse a otro Estado para ser entrenador. Sal solo había sido una conveniente pantalla de humo cuando Cole le había anunciado que se trasladaba a Wisconsin.

No tenía ni idea de por qué Jordan había dicho a Cole que lo estaba buscando. Tal vez Jordan no estuviera bien informado o tal vez intentara que volvieran a estar juntos. No, la segunda posibilidad era producto de sus propios deseos.

Miró de reojo a Cole, que estaba sentado en otra zona del auditorio. Supuso que el señor Dobson le había invitado a ver la obra porque era un alumno famoso que iba a participar en los planes de la escuela para el futuro.

A pesar del espacio que los separaba, a Marisa le costaba concentrarse. Más deprimente aún era que los alumnos estuvieran representado *La muerte de un viajante*. Cuando el telón se abrió, se le encogió el corazón, porque ahí estaba…

El sofá en el que ella había perdido la virginidad con Cole. Se puso colorada hasta la raíz del cabello. No se atrevió a mirar a Cole, pero por el rabillo del ojo creyó percibir que él volvía la cabeza hacia ella.

Marisa no sabía cómo había logrado llegar al final de la función. El sofá… los recuerdos… Cole. Tenía ganas de salir corriendo del auditorio y no parar hasta llegar a su casa, donde se podría consolar en privado.

Quería a Cole, pero él no la correspondía. Era una repetición de lo sucedido en la escuela. Como su madre, se estaba quemando por un deportista que quería hacer realidad sus sueños.

Respiró aliviada cuando cayó el telón y los alumnos saludaron por última vez. Podría marcharse enseguida.

Pero cuando los espectadores dejaron de aplaudir, el señor Dobson subió al escenario.

Después de felicitar a los alumnos, carraspeó.

–Si me lo permiten, me gustaría decir unas palabras para acabar. Ha sido un curso estupendo para la escuela. La recaudación de fondos ha sido un éxito, y estamos construyendo un gimnasio nuevo –el señor Dobson se calló hasta que acabaron los aplausos–. Quiero agradecer a Cole Serenghetti y a su empresa el trabajo que están realizando. Y tengo el placer de anunciarles que el gimnasio se llamará Centro Atlético Serg Serenghetti.

Marisa miró a Cole, pero este miraba al director y aplaudía como todos los demás.

Un edificio escolar solo llevaba el nombre de alguien cuando este hacía una elevada acción económica. Lo más probable era que Cole lo hubiera hecho, además de regalar a la escuela servicios de construcción.

Pero ¿por qué?

El señor Dobson esperó a que los espectadores se calmaran.

–También quiero aprovechar la oportunidad para dar la bienvenida a nuestra nueva subdirectora del año que viene, Marisa Danieli.

Marisa parpadeó, sorprendida. No esperaba ese anuncio aquella noche. Se sonrojó y el corazón comenzó a latirle a toda velocidad. Sintió los ojos de Cole clavados en ella.

–La señorita Danieli es licenciada por la Universidad de Massachusetts de Amherst. Desde hace casi diez años, es una profesora muy querida y un miembro incansable y valioso de la comunidad escolar. Marisa, por favor, sube aquí, que vamos a felicitarte todos.

Uno de sus compañeros apretó el brazo de Marisa para felicitarla. Ella se levantó y se dirigió al escenario. Los espectadores la aplaudieron y la aclamaron.

En cuanto estuvo en el escenario, buscó a Cole con la mirada. Aplaudía como los demás, con expresión inescrutable. ¿Había tenido algo que ver con su ascenso? ¿Había hablado a su favor, en calidad del más importante benefactor de la escuela?

Notó que los ojos se le llenaban de lágrimas.

El señor Dobson la miraba expectante, así que tuvo que hablar.

–Gracias. Me emociona ser la nueva subdirectora de Pershing. Hace casi veinte años, entré aquí por primera vez. Era una estudiante becada, y

Pershing me cambió la vida. Cabría decir que he pasado de que me llamaran al despacho del director a tener un despacho al lado del que ocupa el director. La distancia es corta, pero el camino ha sido largo.

La gente rio y aplaudió.

—Estoy deseando empezar a desempeñar mi nuevo papel —Marisa sonrió y estrechó la mano del señor Dobson.

Mientras volvía a su asiento, el director dio las buenas noches y los espectadores comenzaron a levantarse.

Marisa esperaba poder salir rápidamente. Tenía que dominar sus emociones y necesitaba tiempo para asimilar lo sucedido. Pero muchos se acercaron a felicitarla y, cuando hubo acabado, Cole la esperaba al final del pasillo.

Ella se obligó a sonreír y tomó la iniciativa. Al fin y al cabo era la nueva subdirectora.

—Enhorabuena. Supongo que te emocionará que el gimnasio lleve el nombre de tu padre.

—Él lo está.

Se miraron.

Ella unió las manos para no jugar nerviosamente con ellas ni ceder al deseo de acariciarlo.

—Quería agradecerte la acción a la escuela.

—¿Hablas como la nueva subdirectora?

—Sí —«y como la mujer que te quiere».

Él asintió.

—¿Hablaste en mi favor? —preguntó ella de forma impulsiva, ya que sabía que tal vez no tuviera otra oportunidad de hacerlo—. ¿Utilizaste tu influencia?

—¿Acaso importa?

—¿Lo hiciste? —insistió ella.

Él se encogió de hombros.

—Mi apoyo no fue necesario. Eras la preferida para el puesto.

Ella tragó saliva.

—Gracias.

—Has trabajado mucho y has conseguido lo que deseabas.

No del todo. No lo tenía a él. Nunca lo tendría.

En ese momento, un miembro de la junta escolar se les acercó.

—Cole, te quiero presentar a alguien.

Marisa agradeció no tener que seguir sintiéndose incómoda con Cole. Se despidió con un murmullo y se marchó a toda prisa por el pasillo, con la cabeza gacha para que nadie viera en su rostro la emoción que sentía.

Se le volvieron a llenar los ojos de lágrimas y se apresuró hacia la salida más próxima al escenario. Todos los demás se dirigían hacia las puertas al fondo del auditorio, que conducían a la calle y al aparcamiento. Pero ella necesitaba estar unos momentos a solas antes de ir al coche. No podría explicar por qué lloraba.

En el vestíbulo se dirigió a la primera puerta que vio. Era la habitación donde se guardaba la utilería teatral. Había muebles apilados por todas partes, algunos cubiertos con telas.

Al oír unos pasos que se acercaban, cerró la puerta con llave y se apoyó en ella.

Alguien intentó abrirla.

—¿Marisa?

Era Cole. No contestó, con la esperanza de que se fuera.

–¿Marisa? –él llamó a la puerta–. ¿Estás bien?

No, no estaba bien. Cole no la quería y se iba a marchar.

–Parecías alterada al despedirte. Déjame entrar, cielo.

¿Para qué? ¿Para que la volviera a abandonar? No podría soportarlo. Ahogó un sollozo. Esperaba que él no la hubiera oído.

Oyó que se alejaba de la puerta y, de forma irracional, se sintió decepcionada. Sin embargo, unos segundos después, oyó el clic de la cerradura y la puerta se abrió.

Ella retrocedió. Él se metió una navaja suiza en el bolsillo.

–Aprendí a forzar cerraduras en los Boy Scouts –miró a su alrededor–. Debemos de dejar de vernos así.

–Estamos a salvo. El sofá está en el escenario.

Cole le escudriñó el rostro e hizo una mueca.

–Depende de lo que entiendas por «estar a salvo».

A Marisa se le encogió el corazón. No, no estaba a salvo, pero se sentía en casa siempre que estaba a su lado.

–¿No eres capaz de dejar de avasallar a los demás?

–No, en el caso de que vaya seguir siendo el consejero delegado de Serenghetti Construction.

Ella lo miró con los ojos como platos.

–¿Es eso lo que quieres?

Él la miró con ternura y se acercó a ella. La

agarró de la barbilla y le secó una lágrima con el pulgar.

—Te quiero a ti, Marisa. Te amo.

Ella entreabrió los labios y tomó aire, temblando, mientras el mundo se tambaleaba.

—Nunca se lo había dicho a otra mujer.

Volvió a mirar a su alrededor antes de mirarla de nuevo.

—No era así como preveía que fueran a salir las cosas, pero, si no vas a volver con Sal, dame una oportunidad.

—¿Te vas a marchar?

—No, no voy a aceptar el puesto de Wisconsin. Me voy a quedar a dirigir Serenghetti Construction.

Ella le puso la mano en el brazo.

—En la escuela te enfadaste conmigo por interferir en tus sueños de jugador de hockey. No voy a cometer el mismo error otra vez.

—No vas a hacerlo —dijo él con voz afectuosa—. Seré entrenador aquí, en Welsdale. Enseñaré a adolescentes que quieran mejorar su juego para conseguir una beca o entrar en la Liga Nacional de Hockey —hizo una pausa—. Sé lo importante que puede ser una beca universitaria.

Con el corazón henchido de alegría, Marisa pensó que adoraba a aquel hombre.

—Cuanto más pensaba en vender la empresa, menos convencido estaba. Debo reconocer que llevo la construcción en la sangre. Tengo algunas ideas para ampliar el negocio.

Marisa sonrió.

—La empresa es un terreno más en el que ser

competitivo. Por eso estabas tan empeñado en ganar el contrato del gimnasio a JM Construction. Y ¿quién sabe? Puede que los niños a los que entrenes te proporcionen una nueva oportunidad de ganar la liga.

—A veces, Marisa, juraría que me conoces mejor que yo mismo —la besó suavemente en los labios.

—Pues que no se te olvide, ya que pienso estar a tu lado mucho tiempo.

Cole era bueno, fuerte y trabajador. Y también hacía que se sintiera la mujer más sexy del mundo. Era la persona que siempre había buscado.

—Te vas a casar con un hombre de la construcción.

—¿Me lo estás proponiendo?

Cole entrelazó los dedos con los de ella y se llevó la mano a los labios.

—Por supuesto.

—Me voy a chivar, Cole, y esta vez no me importa quién lo descubra —dijo ella con la voz ronca de la emoción—. Voy a contarles a todos que me has prometido amor eterno y que me has pedido que me case contigo.

Él la besó.

—También tendrás que decirles: «No me quita las manos de encima», «Me dice guarrerías» y «Se excita simplemente pensando en mí».

—Eso es.

—Estoy enamorado de ti.

—Bueno es saberlo. Yo también te quiero.

Marisa suspiró y él volvió a besarla.

Epílogo

Si les salía bien, sería la mejor broma que Cole hubiera gastado en su vida.

Su futuro esposo la había hecho participar en ella. A su alrededor, los invitados charlaban, mientras los camareros circulaban con bandejas de canapés.

Nadie era consciente de lo que estaba a punto de suceder.

Marisa, nerviosa, se frotó las manos en el vestido y se apartó los rizos que le acariciaban los hombros desnudos. Al hacerlo, el anillo de diamantes que llevaba en el dedo atrapó y reflejó la luz de la lámpara de araña del salón de baile principal del Club de Golf y Tenis de Welsdale.

En el estrado, Cole carraspeó para llamar la atención. Llevaba una copa de vino en la mano. Cuando se hizo el silencio, dijo:

–Gracias por estar con nosotros esta noche. Marisa y yo queríamos dar una gran fiesta para celebrar nuestro compromiso matrimonial, por lo que hoy hay aquí doscientos invitados. Un gran amor, una gran fiesta…

La gente rio y aplaudió.

–Como algunos sabéis, Marisa y yo estamos más emocionados por nuestra boda que mucha gente cuando ve un partido de hockey.

Más risas y sonrisas

–Me enamoré de ella en la escuela. Y sé lo que todos estáis pensando. El gran deportista y bromista creyó que tendría una oportunidad con la chica hermosa e inteligente que se sentaba delante de él en la clase de Economía. Ella tenía un cerebro y un cuerpo que a uno lo dejaban fuera de combate.

Marisa tragó saliva para deshacer el nudo que se le había formado en la garganta.

Cole se encogió de hombros.

–Así que hice lo lógico: ocultar mis sentimientos y no hablar de ellos con nadie. De eso hace quince años. Tuve la suerte de que la mujer de mis sueños volviese a aparecer en mi vida. Y esa vez supe que no iba a dejarla escapar. Le pedí que se casara conmigo.

Marisa parpadeó.

Todo lo que había dicho Cole era verdad, pero había arrojado sobre ello una luz que ella nunca había visto.

Cole extendió el brazo.

–Te quiero, Marisa.

La gente se apartó para dejarla pasar. Con piernas temblorosas, avanzó hacia Cole, que la miraba con amor. Ella le dio la mano y subió al estrado.

Los familiares y amigos aplaudieron.

–Menudo discurso –le murmuró ella–. He estado a punto de estropearme el maquillaje.

Él sonrió.

–De todos modos, hubieras salido preciosa en las fotos.

–Te ciega el amor.

–No podía ser de otra manera –la besó suavemente en los labios antes de volverse hacia los invitados, sin soltarla de la mano.

–Guardaos las demostraciones de afecto en público para la luna de miel –gritó Jordan, con gran regocijo por parte del público.

–Gracias por el consejo –contestó Cole–, porque Marisa y yo vamos a casarnos esta noche, ahora mismo.

Se oyeron exclamaciones contenidas.

El oficiante que Cole y ella habían elegido avanzó desde un lado del salón.

–¡Sorpresa! –Cole abrazó a Marisa y volvió a besarla.

Cuando Cole le propuso la idea de una boda sorpresa, Marisa creyó que bromeaba. Sin embargo, se sentía como una novia por completo. Se casaría con Cole en cualquier sitio y en cualquier momento.

Condujeron a los invitados fuera del salón y los llevaron a otro comedor que se había preparado expresamente para la boda. Un fotógrafo dejaría constancia de la celebración y una florista esperaba a Marisa para entregarle un ramo de rosas blancas.

Marisa no cabía en sí de alegría. Al ver a Cole sonriendo, se le ocurrió una idea y reprimió una sonrisa pícara.

–Cole, esto es tan abrumador que creo… creo… –cerró los ojos y fingió desmayarse de forma melodramática.

Cole la abrazó con fuerza.

–¿Marisa?

Ella abrió los ojos y dijo, divertida:

–Que seguiré cayendo en tus brazos el resto de nuestra vida.

Cole sonrió.

–Siempre estaré ahí para recogerte.

Y sellaron el pacto con un beso.

No te pierdas *Doble engaño*,
de Anna DePalo
el próximo libro de la serie
Los hermanos Serenghetti.
Aquí tienes un adelanto...

Festival de amor de la actriz y el especialista. Un despliegue de algo más que pirotecnia cinematográfica.

Chiara Feran recordó el titular de la página web de cotilleos, cuando no debería haberlo hecho.

Se hallaba agarrada a los musculosos hombros del doble cinematográfico, en lo alto de un edificio de cuatro pisos, mientras la hélice de un helicóptero giraba al fondo, intentando actuar como si le fuera en ello la vida cuando, en realidad, lo que se jugaba era la carrera. Al fin y al cabo, en esa web se había escrito que aquel semental y ella eran pareja y, en aquellos momentos, ella necesitaba que la prensa no prestara atención a su padre, un tahúr amante de Las Vegas, que amenazaba con provocar controversia.

Alzó la cabeza para apartarse el cabello del rostro. Al ensayar había oído que el especialista se llamaba Rick, pero le parecía que la forma más conveniente de llamarlo era «insoportable». Tenía unos llamativos ojos verdes que la miraban como si fuera una diva mimada que necesitaba que la trataran con guantes de seda.

«No quiero estropearte las uñas».

«Gracias, pero hay una manicura en el plató».

Había intercambiado algunas frases durante el rodaje que a Chiara la habían puesto furiosa.

Era cierto que él poseía un magnetismo que podía igualar al de una gran estrella cinematográfica, por lo que no entendía por qué se conformaba con ser un doble. Sin embargo, no necesitaba que le estimularan aún más la autoestima, y corría el rumor de que no era quien aparentaba ser y que tenía un pasado turbio y secreto.

También se rumoreaba que era inmensamente rico. Teniendo en cuenta el tamaño de su ego, a ella no le sorprendería que hubiera sido él mismo quien hubiese puesto los rumores en circulación. Era un macho dispuesto a salvar a la damisela en apuros, pero ella podía salvarse sola. Había aprendido, hacía tiempo, a no depender de ningún hombre.

Abrió la boca, pero, en lugar de lanzar un grito de angustia existencial, dijo la siguiente línea del guion.

—¡Zain, vamos a morir!

—No voy a soltarte —contestó él.

Chiara sabía que a él le doblaría la voz el protagonista. Le producía una perversa satisfacción llamarlo por el nombre de este, su compañero de rodaje. Y, desde luego, estaban muy lejos de ir a morir.

Aunque tanto Rick como ella se hallaban sujetos por arneses invisibles, en un plató cinematográfico se producían accidentes. En ese momento, sonaron más explosiones a su alrededor.

En cuanto la escena acabara, se iría a su caravana a tomarse una café y a hablar con Odele.

—¡Corten! —gritó el director por el megáfono.

Chiara se soltó, aliviada.

Mientras los bajaba, Rick apenas disminuyó la fuerza con la que la agarraba.

Acepte 2 de nuestras mejores novelas de amor GRATIS

¡Y reciba un regalo sorpresa!

Oferta especial de tiempo limitado

Rellene el cupón y envíelo a
Harlequin Reader Service®
3010 Walden Ave.
P.O. Box 1867
Buffalo, N.Y. 14240-1867

¡Sí! Por favor, envíeme 2 novelas de amor de Harlequin (1 Bianca® y 1 Deseo®) gratis, más el regalo sorpresa. Luego remítanme 4 novelas nuevas todos los meses, las cuales recibiré mucho antes de que aparezcan en librerías, y factúrenme al bajo precio de $3,24 cada una, más $0,25 por envío e impuesto de ventas, si corresponde*. Este es el precio total, y es un ahorro de casi el 20% sobre el precio de portada. !Una oferta excelente! Entiendo que el hecho de aceptar estos libros y el regalo no me obliga en forma alguna a la compra de libros adicionales. Y también que puedo devolver cualquier envío y cancelar en cualquier momento. Aún si decido no comprar ningún otro libro de Harlequin, los 2 libros gratis y el regalo sorpresa son míos para siempre.

416 LBN DU7N

Nombre y apellido	(Por favor, letra de molde)

Dirección	Apartamento No.

Ciudad	Estado	Zona postal

Esta oferta se limita a un pedido por hogar y no está disponible para los subscriptores actuales de Deseo® y Bianca®.
*Los términos y precios quedan sujetos a cambios sin aviso previo.
Impuestos de ventas aplican en N.Y.

SPN-03   ©2003 Harlequin Enterprises Limited

**La condición impuesta por el griego...
¡era que ella llevase su anillo de diamantes!**

INOCENCIA
Y PLACER

Rachael Thomas

Lysandros Drakakis siempre conseguía lo que quería y en esos momentos deseaba a la bella pianista Rio Armstrong. Con la excusa de complacer a su familia, a él se le ocurrió que un falso compromiso entre ambos lo ayudaría a averiguar el motivo por el que Rio había roto su incipiente relación... y le permitiría disfrutar del deseo que seguía existiendo entre ambos bajo el sol del Mediterráneo, pero la impactante confesión de Rio lo cambiaría todo y Lysandros, que le había dado su anillo, terminaría queriendo dárselo todo.

DESEO

¿Se sometería a las reglas del juego de su jefe?

Romance en el trabajo

KATY EVANS

«Ahora las reglas las pongo yo», le dijo Kit Walker, el jefe nuevo. Pero la que mandaba era Alexandra. ¿Quién pensaba Kit que era? El heredero acababa de llegar y ya quería mandar, pero si Alexandra lo sorprendía comportándose mal, su padre lo desheredaría. Parecía fácil, ¿no? No cuando la química entre ambos era irresistible. Ironías del destino, tenían que desarrollar una aplicación de citas juntos. ¿Podría ser él la pareja perfecta? ¿O tal vez el escándalo perfecto?